中国教育学会中学语文教学专业委员会专家审定

青少年经典阅读书系〔名师解读〕
QINGSHAONIAN JINGDIAN YUEDU SHUXI

QIQIUSHANG DE
WUXINGQI

气球上的五星期

【一场惊心动魄的空中旅行】

〔法〕儒勒·凡尔纳◎著
《青少年经典阅读书系》编委会◎主编

首都师范大学出版社
CAPITAL NORMAL UNIVERSITY PRESS

图书在版编目(CIP)数据

气球上的五星期／《青少年经典阅读书系》编委会主编.—北京：首都师范大学出版社,2011.11(2020 年 7 月重印)

(青少年经典阅读书系.科幻系列)

ISBN 978-7-5656-0536-9

Ⅰ.①气… Ⅱ.①青… Ⅲ.①科学幻想小说-法国-近代

Ⅳ.①I565.44

中国版本图书馆 CIP 数据核字(2011)第 222644 号

气球上的五星期

《青少年经典阅读书系》编委会 主编

策划编辑　李佳健

首都师范大学出版社出版发行

地　　址　北京西三环北路 105 号
邮　　编　100048
电　　话　68418523(总编室)　68418521(发行部)
网　　址　www.cnupn.com.cn
印　　厂　汇昌印刷(天津)有限公司
经　　销　全国新华书店发行
版　　次　2012 年 7 月第 1 版
印　　次　2020 年 7 月第 6 次印刷
书　　号　978-7-5656-0536-9
开　　本　710mm×1000mm　1/16
印　　张　11.5
字　　数　136 千
定　　价　29.00 元

总 序

Total order

　　被称为经典的作品是人类精神宝库中最灿烂的部分，是经过岁月的磨砺及时间的检验而沉淀下来的宝贵文化遗产，凝结着人类的睿智与哲思。在滔滔的历史长河里，大浪淘沙，能够留存下来的必然是精华中的精华，是闪闪发光的黄金。在浩瀚的书海中如何才能找到我们所渴望的精华——那些闪闪发光的黄金呢？唯一的办法，我想那就是去阅读经典了！

　　说起文学经典的教育和影响，我们每个人都会立刻想起我们读过的许许多多优秀的作品——那些童话、诗歌、小说、散文等，会立刻想起我们阅读时的那种美好的精神享受的过程，那种完全沉浸其中、受着作品的感染，与作品中的人物，或者有时就是与作者一起欢笑、一起悲哭、一起激愤、一起评判。读过之后，还要长时间地想着，想着……这个过程其实就是我们接受文学经典的熏陶感染的过程，接受文学教育的过程。每一部优秀的传世经典作品的背后，都站着一位杰出的人，都有一个高尚的灵魂。经常地接受他们的教育，同他们对话，他们对社会与对人生的睿智的思考、对美的不懈的追求，怎么会不点点滴滴地渗透到我们的心灵，渗透到我们的思想和感情里呢！巴金先生说："读书是在别人思想的帮助下，建立自己的思想。""品读经典似饮清露，鉴赏圣书如含甘饴。"这些话说得多么恰当，这些感

总　序

Total order

受多么美好啊！让我们展开双臂、敞开心灵，去和那些高尚的灵魂、不朽的作品去对话，交流吧，一个吸收了优秀的多元文化滋养的人，才能做到营养均衡，才能成为精神上最丰富、最健康的人。这样的人，才能有眼光，才能不怕挫折，才能一往无前，因而才有可能走在队伍的前列。

"首师经典阅读书系"给了我们一把打开智慧之门的钥匙，会让我们结识世界上许许多多优秀的作家作品，会让这个世界的许多秘密在我们面前一览无余地展开，会让我们更好地去感悟时间的纵深和历史的厚重。

来吧！让我们一起品读"经典"！

国家教育部中小学继续教育教材评审专家
中国教育学会中学语文教学专业委员会秘书长　姜立康

丛书编委会

丛书策划　李佳健

　　　　　王　安

主　　编　李佳健

副主编　张　蕾

编　　委（排名不分先后）

　　　　　张　蕾　李佳健　安晓东　王　晶　高　欢

　　　　　徐　可　李广顺　刘　朔　欧阳丽　李秀芹

　　　　　朱秀梅　王亚翠　赵　蕾　黄秀燕　王　宁

　　　　　邱大曼　李艳玲　孙光继　李海芸

儒勒·凡尔纳被世人誉为"科幻小说之父"，他总共创作了上百篇、共七八百万字的科幻小说。《气球上的五星期》是他的第一部科幻小说，也是他的成名作。

书中讲述了 3 个英国人乘坐气球横越整个非洲的神奇探险故事。19 世纪上半叶，许多探险家、地理学家、旅行家对非洲进行了艰难的探险。为了证实前人探险的成果，建立非洲地理发现的完整体系，英国旅行家萨弥尔·弗格森博士决定，乘坐自行设计的"维多利亚号"气球，横越整个非洲。和他一同前往非洲的，还有他的朋友肯尼迪和仆人乔。他们首先乘坐"决心号"运输舰从格林威治港出发，然后从桑给巴尔岛乘气球升空，最后终于到达了塞内加尔河的法国属地，成功完成了整个探险之旅。

在作者笔下，非洲的风景散发着别样的魅力，非洲的风俗奇特得让人目瞪口呆，非洲的旅行曲折得让人无法释怀。书中的地势包含了高原、丘陵、沙漠、沼泽和火山等地球上几乎所有的地势种类。植物包含了猴面包树、无花果树、金合欢树、罗望子树等千奇百怪的热带植物。在作者笔下，非洲的风俗则是非常野蛮和不开化。"尼阿姆—尼阿姆"食人族、昏庸奢靡的苏丹、迷信愚蠢的巫师、野蛮凶残的土人、历尽苦难的骆驼商队，一个个鲜活生动的画面扑面而来。

书中还塑造了 3 个十分生动的人物形象。冷静睿智的弗格森博士，他总能在安全时保持清醒，危险时保持冷静，每次都能带领大家化险为夷。肯尼迪英勇热情，枪法如神，他的猎物使旅途的食物丰盛了不少，他精准的枪法不止一次地抵御了野人的攻击。乔是博士的仆人，也是博士的朋友。他身手敏捷，乐天豁达，厨艺超群。他虽然曾被金矿石迷花了眼，但是极具牺牲精神，为了大家的安全，他甚至差点儿牺牲了自己的生命。每当遇到困难时，3 个伙伴相互扶持，他们深厚的友谊让人感动。

　　凡尔纳创作完《气球上的五星期》后，先后给 16 家出版社投过稿，却无一家欣赏。他愤然将书稿投入火中，幸好被妻子及时抢救了出来。书稿被送入第 17 家出版社，获得了社长的青睐。我们也因此有幸读到了一本优秀的科幻小说。

著名探险家萨弥尔·弗格森博士打算乘气球横越非洲，他的决定让人们疯狂。

1862 年 1 月 14 日，在滑铁卢广场召开的伦敦皇家学术会议上，听众如云。英国皇家地理学会主席弗朗西斯·姆爵士，正在发表他那动人的演说：

"光荣的英国儿女——萨弥尔·弗格森博士，将乘气球飞越非洲。假如成功，就能把我们在非洲地图学方面的基本知识补充完整；如果失败了，至少也将成为人类智慧最伟大的设想。相信他是不会辜负祖国的重托的！为了鼓励弗格森博士的勇敢行为，会议立即表决通过一项补贴，数目高达 2500 英镑。"

人群顿时沸腾起来，人们纷纷呼喊着萨弥尔·弗格森的名字。会议厅也似乎被这些叫喊声震撼得晃动起来。

在雷鸣般的掌声中，一个 40 岁左右的中年男子步入了会场。他中等身材，五官端正，脸色红润，鼻子高挺；他神情镇定，目光温和，透露出智慧的光芒，显得魅力非凡；他的双臂很长，双脚平稳，步伐稳健。总之，博士给人的印象十分严肃。

此时的会场上，欢呼声和鼓掌声此起彼伏，博士用讨人喜欢的手势示意大家安静下来。然后，他走向演讲台，用坚毅的目光看着大家，右手食指指向天空，开口说了一个词：

"Excelsior!"

这简短而伟大的演说又换来了一浪高过一浪的掌声。

这位萨弥尔·弗格森博士到底是个什么样的人呢？他到底打算献身于什么事业？

弗格森生于航海之家，少年时就参与了航海冒险，他天性勇敢，善于思考，在摆脱困境方面更是能力非凡。在父亲的培养下，他不仅学习了水文学、物理学和力学等严谨的学科，还掌握了一些植物学、医学和天文学方面的知识。

<u>22 岁时，弗格森已经周游了世界。</u>他加入了孟加拉工程兵部队，在许多战斗中立下功勋。

离开军队后，他迈上了去往印度半岛北边的征程，从加尔各答走到苏拉特。这漫长的旅程对于他来说，就像是一次简单的漫步。

1845 年，弗格森离开苏拉特，前往澳大利亚并加入斯特尔特船长的远征探险队，寻找那片可能存在于新荷兰中部的内陆海。

1850 年前后，弗格森返回了英国。他又热情地陪同麦克·鲁尔船长的远征队，从白令海峡环绕美洲大陆到

（旁注）

Excelsior：拉丁语，意思是高尚的，不断向上的。

以设问的形式引入对这位传奇人物的详细描述。

如此年轻即已周游世界，说明他的经历极其丰富。

达费尔韦尔角。这次远征直到 1853 年才宣告结束。

从 1855 年到 1857 年，在施拉京特维特兄弟的陪同下，弗格森访问了整个西藏西部，带回了很多稀奇的人种学方面的调查报告。

稀奇：稀少新奇。这里形容博士的研究极具价值。

几年下来，萨弥尔·弗格森就成了《每日电讯报》最引人注目的人物。他使这份售价仅一便士的报纸的发行量高达每日 14 万份，而弗格森却不属于任何学术团体。

在旅行中，无论怎样的艰难险阻，弗格森都能克服。他是地道的旅行家：胃可以任意收缩、扩张；腿可以按临时床铺的长短伸缩自如；白天能随时入睡，晚间也能随时醒来。

本段的排比句式以诙谐、幽默的描述形容博士似乎就是为了旅行、探险而生。

他是个埋头实干、不愿高谈阔论的人。他只喜欢周游世界，并且不知疲倦。他就像一列火车头，总是被道路牵引着走。他只想做他喜欢做的事，压根儿就没想成为风云人物。

会议结束后，大家为他举办了一场盛大的宴会。从饭桌上鱼的大小，可看出被邀的人物何等重要。尤其是搬到筵席中的那条鲟鱼，身子就几乎与弗格森本人一样长。

估计博士本人也会很乐于作者将他与一条很有可能在他旅行中曾遇到过的这条鲟鱼放在一起比较。

人们按照旅行家们名字的字母顺序依次祝酒：阿巴迪、亚当斯……最后，为萨弥尔·弗格森博士举杯。大家坚信：他的旅行，一定能把前面这些著名旅行家的劳动成果连成一体，并最终建立非洲地理大发现的整个体系。

体系：若干有关事物或某些意识互相联系而构成的一个整体。

情境赏析

本故事第一章即以单刀直入的方式，对主人公萨弥尔·弗格森这位在英国享誉已久的传奇人物进行了较为详细、精彩的描述。尤其值得注意的是，作者依旧延续了他诙谐、幽默的语言风格，比如提及博士那专门为了地理发现而生的高挺鼻子，筵席中那条幸运得能与博士做比较的鲟鱼。相信阅读过凡尔纳其他作品的读者对这一点一定印象深刻。

名家点评

中国人做梦梦的是金榜题名、洞房花烛，而法国人却在幻想征服月球。

——鲁迅

报纸紧密地关注着这件事，人们甚至因此而
打赌，博士却不闻不问，只顾为旅行做准备。

1月15日，就在爵士发布消息的第二天，《每日
电讯报》刊登了这样一则消息：

"孤寂的非洲终将揭开它神秘的面纱了。过去探寻
尼罗河发源地总被视为异想天开，一个实现不了的梦。

"巴尔特博士沿着丹纳姆和克拉珀顿开辟的道路一
直到了苏丹；利文斯通博士从好望角到赞比西亚盆地反
复进行了不屈不挠的调查；伯顿上尉和斯皮克上尉发现
了内陆大湖。他们为现代文明打通了三条道路。三条道
路的交叉点可谓非洲的心脏。但至今还没有一位旅行家
能涉足该地区。我们的全部力量正应该使在那儿。

"不过，弗格森博士这位无畏的发现者打算乘气球由
东至西穿越整个非洲，这次惊人旅行的出发点将设在非洲
东海岸的桑给巴尔岛。至于终点，只有上帝知道了。"

这篇文章立即引起了巨大反响。首先它激起怀疑的浪
潮，很多人认为弗格森博士可能只是一个纯粹虚幻的人
物。但是，彼得曼博士在哥达出版的《公报》中发表的文

《每日电讯报》
是英国发行
量、知名度极
高的报纸,这
里以此来说明
博士此次旅行
受欢迎和关注
的程度。

心脏:这里是
用于比喻,形
容中心或最重
要的部分。

因弗格森博士
过去的经历太
富传奇色彩,
所以很多人以
为他或许是人
们虚构出来的
人物。

章，平息了这些质疑的声音。因为彼得曼博士声称，自己了解弗格森博士，并愿意为他勇敢的朋友做无偿担保。

质疑的声音很快就全部消失了，因为旅行的准备工作正在伦敦紧锣密鼓地进行着：里昂的几家工厂已接到大量订单——制造气球用的波纹绸；英国政府也允许弗格森博士使用"决心号"运输舰——该舰的舰长叫皮耐特。

随即，成千上万的鼓励信、贺电纷至沓来。巴黎地理学会的学报，随时发布此次探险队准备工作的详情和进展情况。W. 科内尔博士在《德国地理学报》上对此次尝试的可行性、成功的可能性、可能遇到的困难、飞行航线的优势等都进行了详尽的分析。此外，他高度赞赏了弗格森博士积极进取的精神。

在伦敦，甚至在整个英国，很多人都在为此打赌，有人甚至投下了巨额赌注。大家都在猜测：弗格森博士存在不存在；旅行会不会进行；探险活动能不能成功；弗格森博士可不可能回得来。

这样一来，无论相信的、不相信的，还是外行的、内行的，都把目光投向了弗格森博士。不知不觉间，他竟然成了众人心目中的英雄。当然博士也很乐意向人们提供远征探险队的详细情况。

不止一位胆大的冒险家找他，想与他同甘共苦，共同飞向非洲，但都被他一概回绝了。许多发明家都向他推荐自己发明的各种仪器，但他一个也不愿接受。有人问弗格森博士是不是已经发明了类似的仪器，他总是避而不答。他只是一心一意地做着探险的准备工作。

> 纷至沓(tà)来：纷纷到来；连续不断地到来。

> 四个排比句描述了民众针对弗格森博士及其此次旅行最为关注的问题。

第三章

好友的劝阻毫未见效，弗格森反倒邀请他和自己一同前往非洲。

弗格森博士的好朋友——一个地道的苏格兰汉子，也是当地公认的优秀射手——猎人狄克·肯尼迪，能用枪击中刀刃，能把子弹劈成重量分毫不差的两半。他身高 6 英尺多，皮肤褐色，眼睛乌黑发亮，力大无穷，坦率、果断又有些倔强。

两个人都是各自行业里的佼佼者，虽然他们从来没有机会互救互助，但是他们的友谊却始终不渝。

肯尼迪时常劝阻弗格森别再去探险，因为那毕竟是个危险的事儿。对于这番劝告，弗格森并不理会。每到这时肯尼迪就在想："他这又是在琢磨什么呢？"

一天早上，《每日电讯报》终于让他找到了答案。

"天哪！"他叫道，"疯子！幻想家！乘气球穿过非洲！原来，他一直琢磨这个！亏他想得出！不，不行！我非阻止他不可！"

肯尼迪又急又气，当晚就坐上火车，赶往伦敦。一到弗格森博士的家门口，门被打开的一瞬间，他就无法控制地大喊大叫起来："弗格森，快来看看，这是不是真的？"说完，肯尼迪将《每日电讯报》一把扔给了好友。

"哦，这的确是真的，而且准备工作进行得很顺利……"

"准备的东西在哪儿？我非把它们砸个稀巴烂不可！"

"别生气，"博士接着说，"我还没来得及告诉你。因为要做的事实在太多，不过请你放心，我不会不给你写信就走的……"

"嚆！我才不用……"

"因为我想和你一起去非洲。"弗格森斩钉截铁地说。

肯尼迪跳了起来，这一跳就连羚羊都不得不叹服。

"啊！难道要我和你一起发疯吗？我可不去！"

"那我就一个人去！"

"弗格森，"肯尼迪平静下来，"你的计划太荒诞！太狂妄！危险太多，困难太大了！"

"困难嘛，当然会有。"弗格森严肃地说，"至于说危险，生活中时时都有，因此我们不要去操心命运给我们安排了什么，正如谚语说的'命中注定被吊死，就绝不会被淹死！'"

两人争论了半天，最后肯尼迪说："既然你要横穿非洲，为什么不走正常的路，而非要从空中飞呢？"

"为什么？"博士激动地答道，"因为至今为止，所有从陆地走的尝试都失败了！因为与自然力做斗争，结果是遇难者不计其数！有了气球，就没有什么办不到的。乘上气球，无论酷暑、激流、风暴、沙漠，还是野兽、土人，我都不用怕！热了，就升高些；冷了，就降低些；遇到悬崖绝壁，就越过去；遇到河流大川，就飞过去；遇到狂风暴雨，就爬到它上面；遇到激流，就像鸟儿一样从上面掠过！我前行时不会疲惫，我停住时也不用休息；我可以时而疾驰在最高空，时而滑行在近地面。非洲就展现在我的眼睛底下。"

"那么，你掌握操纵气球的方法了吗？"

"还没有，不过，我想利用稳定的信风，不会有什么问题的。英国政府把一艘运输舰交给我使用，最多 3 个月，我就到桑给巴尔了。在那儿，我们把气球充满气，然后就升空……"

"我们?"肯尼迪叫道。

"怎么，看样子你还有什么反对意见?"

"反对意见? 我有上千条呢! 先说气球的事，既然你打算旅行，既然你想着任意升高降低，那么一定要消耗气体，这你就不可能做得到! 但至今为止，还没有不消耗气体的办法呢。"

"我不会浪费气体中的任何一个原子或一个分子。"

"那你怎么做到任意降低呢?"

"这可是我的秘密。肯尼迪，请相信我吧! 让我的座右铭也成为你的座右铭吧：Excelsior!"

"好吧，Excelsior 就 Excelsior!"肯尼迪应道。

肯尼迪对拉丁语一窍不通。但他还是打定主意要阻止朋友的出发计划，因此，他决定假装先同意弗格森博士的意见，再作观望。

至于弗格森，又立即去做准备工作了。

第四章

巴尔特博士的探险活动和两位上尉的非洲之旅，激励着弗格森博士勇往直前。

弗格森博士决定的空中航线和出发地点，不是偶然的选择，而是经过了认真研究的。

他之所以选择从桑给巴尔岛升空，是这个岛靠近非洲东海岸，即南纬6°。最近，通过大湖地区去寻找尼罗河源头的一支探险队刚由该岛出发不久。

弗格森博士有意把那些探险活动联系起来，尤其是其中最主要的两次探险活动：1849年巴尔特博士领导的探险和1858年伯顿与斯皮克两位上尉领导的探险。

巴尔特博士是汉堡人，他获准加入英国人理查森的探险活动。理查森的任务是在苏丹探险，也就是说，必须向非洲内陆深入1500英里才能到达那里。到目前为止，该地区只有少数几个人到达过。尽管这样，理查森、巴尔特他们还是希望走得更远一些。

他们放弃走与赤道垂直的路线，而是往西绕个急弯向加特进发。他们遇到了不少困难。在遭受了上千次洗劫、凌辱、武装袭击后，他们的骆驼队终于在10月到达阿斯本广阔的沙漠绿洲。巴尔特博士在那里离开同伴，独自旅行了一趟后，又与探险队会合。12月

12 日探险队重新登程进发，队伍到达迈古省后，旅行家们才分手。此后，巴尔特博士独自踏上了去卡诺的旅程。多亏了他的毅力和坚持，最后终于抵达了目的地。

尽管患上了严重的感冒，巴尔特博士还是带着他的仆人，继续向乍得湖出发。在途中，他得知了理查森因劳累、遭劫去世的消息并没有沮丧、伤心，而是化悲痛为力量，继续前进。

这位勇敢的旅行家往南到的最远的地方是北纬 9°略微偏下一点儿的约拉城。他往东到的最远的地方是西经 17°20′的马塞纳城。此后，他向西深入。这次旅行，让他陷入了危险当中——他在部落酋长的肆意凌辱下，忍受着虐待、苦难的煎熬，度过了漫长的 8 个月。由于当地人的威胁，巴尔特博士只好逃离该城，来到边境。在一无所有的情况下，他在边境逗留了 33 天，11 月再次来到卡诺，然后返回库卡。等了 4 个月，他重新踏上丹纳姆走过的路。最后，作为旅伴中唯一的幸存者，巴尔特博士终于回到了伦敦。

弗格森博士仔仔细细地记下巴尔特博士在北纬 4°和西经 17°停过的地方。接着博士继续研究伯顿中尉与斯皮克中尉在东非的旅程。

从来没有任何探险队到达过尼罗河的神秘源头。虽然有的探险家沿着尼罗河走得更远，但是，他们都没能越过这条不可逾越的界限。18 个世纪里人们只向前推进 35.6°，也就是说大概 300 到 360 英里。也有很多旅行家，尝试着从非洲东海岸出发去找尼罗河发源地，最终，也没能取得任何重大的突破。反倒是一个接一个的探险家在非洲被杀害或害病死去。

伯顿中尉和斯皮克中尉是孟加拉军队的军官。1857 年，他们接受伦敦地理学会的派遣，考察非洲的大湖。他们离开桑给巴尔，直接向西进发。一路上他们的行李多次遭抢劫，脚夫多次被痛打，忍受了 4 个月前所未有的苦难后，他们才走到商人和骆驼商队的聚集中心卡泽赫，就是月亮山地区。在那儿，他们搜集了一些当地风俗、政府、宗教、动植物方面的宝贵资料。接着，他们去了大湖区的第一个湖——坦噶尼喀湖，并走访了沿湖一带的每一个部落。大部分部落甚至还保留着食人肉的习俗。

5月26日，他们踏上归途。途中，身心疲惫的伯顿病了好几个月。趁这段时间，斯皮克又向北挺进了300多英里。随后，他与大病初愈的伯顿一起踏上去桑给巴尔的路程。后来，这两位勇敢的探险家终于回到了英国。巴黎地理学会向他们颁发了该学会的年度奖。

弗格森博士特别注意到伯顿与斯皮克既没跨越南纬2°线，也没超过东经29°的地方。

如果把伯顿和斯皮克的探险与巴尔特博士的活动归并一起，就意味着弗格森博士要着手穿越宽约12°多的一大片地区。

尽管好朋友极力阻拦，博士仍然坚持飞越非洲。旅行的准备工作进行得如火如荼。

弗格森博士的旅行准备工作正进行得热火朝天。

他亲自指导制作气球，并且对设计做了某些改动。他专心学习阿拉伯语和非洲西部地区曼丁哥人的各种语言，而且进步很快。

肯尼迪寸步不离地跟着他，这位可怜的苏格兰人确实值得同情：他再也无法毫无恐惧地仰望那富有诗意的天空；睡觉的时候，总感觉到自己摇摇晃晃；漆黑的夜晚，甚至梦见自己从九霄云外跌落下来。为此，他不止一次地暗示弗格森博士空中飞行的危险性。

"别担心，我们掉不下来。"弗格森的回答毫不含糊。

令肯尼迪恼火的是，弗格森博士一点儿也不体谅他的心情，而且认准了肯尼迪做他的空中旅伴，这让肯尼迪紧张得直打哆嗦。

一天，肯尼迪使出了浑身解数，又发出了新的疑问：

"对尼罗河源头的探索真就那么有必要吗？这算为人类做贡献吗？就算非洲部落变文明了，那儿的人民会更幸福吗？我们就不能再等等？也许某一天，会有那么一位探险家能用一种更安全的方式穿越非洲呢！"

然而这番暗示起了反作用。弗格森博士变得不耐烦了：

"你究竟要怎样？你难道想把荣誉让给别人吗？难道要我在这么点儿小困难面前退缩吗？英国政府和伦敦皇家学会为我做了一切，我却用犹豫不决来报答他们？难道你不知道我的旅行，对那些正在非洲探险的人们有帮助吗？你不知道又有几位探险家正向非洲中心进发吗？"

"不过……"

"好好听我说，肯尼迪，瞧瞧这张地图，沿着尼罗河往上走。"弗格森说。

"往上走。"肯尼迪机械地回答。

"到刚多科罗。其实，我们的旅途并没有多远，不过是 2°的样子。200 英里左右。"

"好像没多远，弗格森。"肯尼迪瞪大眼睛。

"不过，你知道眼下那里发生的事吗？"

"不，不知道！"

"好吧，听我说！情况是这样的：地理学会认为斯皮克发现的这个湖非常重要。在学会的支持下，斯皮克上尉联合在印度军队服役的格兰特上尉，领导了一支人数众多、经费充足的探险队。要是我们想参加这项探险工作，就得抓紧。而且，这还不算完，当这些人一步步地朝着尼罗河发源地前进时，其他一些旅行家正勇敢地向非洲心脏挺进。"

"步行吗？"

"步行。"弗格森说，"你看，非洲大陆将被他们从东到西走遍了，我们却还在犹豫。"

"既然一切都进行得那么顺利，我们还去那儿干什么？"

弗格森博士没有回答，只是耸了耸肩。

第六章

乔是博士忠实的仆人和得力的助手，也是他旅途中的好伙伴。

乔 是弗格森博士的仆人。他忠诚可靠，勤快利落，在照顾博士的饮食起居方面也是样样在行——很难再找到比他更好的仆人了！

这样一位忠实仆人当然是对旅行最有帮助的了。

同样，在乔的眼里，博士可是位了不起的人物！他认为，博士想的全是正确的，他做的事样样可能，他完成的任务全都令人佩服！就是把乔大卸八块，也改变不了他对主人的看法。

夸张的说法，形容乔对主人的无比忠诚。

所以，当博士决定飞越非洲大陆时，乔举双手赞成，认定这事一定会成功。尽管博士从来没有说过要带着他走，但是这位诚实的小伙子很清楚自己会参加这次旅行。因为只有他能机智灵活地为主人提供各种帮助，再说，跳跃、攀登、疾驰、不可思议地原地旋转上千周，对他来说都易如反掌。除此以外，乔还有一种令人称奇的本能——超常的视觉，他不用天文望远镜就分辨得出木星的卫星，数得出昴星团中的 14 颗小星，而且还能说出最后几颗属几等星。在旅行中，这当然派得上用场。

易如反掌：像翻一下手掌那样容易，比喻事情极容易办。

这一天，在乔和肯尼迪之间展开了一场对话。

"肯尼迪先生，您看见米切尔工厂里的气球了吗？那大家伙真漂亮！吊篮迷人极了！待在里面一定很自在！"

"看来，你真打算陪你的主人一起去啊？"

夸张的说法，形容乔支持主人的坚定决心。

"当然，主人就是到天涯海角，我也陪着！再说，您也和我们一起去啊。"乔又说。

"相反，我只会阻止到最后一刻！"

这句话与"驷马难追"这个词有异曲同工之妙，说明了博士的坚定决心。

"可博士一旦打定了主意，九头牛也拉不回来。我说，您就别抱什么希望了。"

正说话间，博士走进了他的工作室说道：

"来吧，亲爱的朋友们，"博士说，"我要给你们称一下体重。"博士需要知道伙伴们确切的体重。

肯尼迪先站到磅秤的平台上。"153斤。"博士边说，边把这个数字记在他的笔记本上。

这一段运用许多诙谐的语言描述，侧面介绍了乔的性格特征。

接着是乔兴奋地蹦到了磅秤上，甚至差点儿弄翻磅秤。他站在上面，摆出的架势活像海德公园入口处威灵顿和阿喀琉斯像的姿态。即使手中少块盾牌，乔依然显得威风八面。

"120斤。"博士记下，顺便说道，"我们三人加在一起，体重不超过400斤。"

▊ 情境赏析 ▊

　　至此，本故事三位主人公均已一一出场完毕，这一章主要介绍的是乔——这位博士的最忠实仆人，介绍了乔的性格特征、行为习惯，最重要的是他对博士本人的坚定信心的坚定支持。无疑，这样一位颇具喜剧色彩的乐天派人物，对于整个旅行过程必将万分重要。目前唯一的遗憾就是博士的老朋友——肯尼迪，这位可怜的苏格兰人对此行的前景极不看好，甚至竭尽全力试图阻止。

▊ 名家点评 ▊

　　儒勒·凡尔纳是我一生事业的总指导。

——（美）西蒙·莱克

第七章

神奇的双层气球

双层气球的设计恰到好处，每个细节都经过了科学的推断和缜密的思考。

经过缜密的思考，探险计划可谓滴水不漏。但最让博士操心的，还是空中交通工具——气球。

首先，气球的体积不能太大。所以他决定往气球里灌氢气，这种气体比空气轻 93%。而且这种气体很容易制造。

一般来说，气球里只能充 2/3 的气体。如果把气球完全装满，随着气球的升高，大气层中的空气密度逐渐变小，气球里装的气体逐渐膨胀，随时可能胀破气球外壳。但是，博士根据只有他才知道的理由，决定只往气球里灌一半气体，这使得气球具有几乎双倍的容积。

他把气球设计成最可取的椭圆形状，这是最好的形状。如果弗格森博士能用两个气球的话，就更保险了。真的，万一其中一个气球在空中破了，就可以丢卒保车，用另外一个维持。但是，要使两只气球保持相等的升力，操作异常困难。后来，弗格森想了一个好办法。他让人制造了两个大小不等的气球，并且把小的装在大的里面。小气球必须游浮在包围着它的气体中。两个气球之间有一个阀门，需要时能使它们相通。这么做的好处是：假如需要释放一些气体使气球下降，那就先放大气球中的氢气；小气球的氢气则留着不动；这时就可以像扔掉多余的重量一样，扔掉外面这层外壳。剩下来的小气球，又不容易招风。此外，万一出现事故，比如说，外层气球破了，小气球正好可以备用。

两个气球都是用里昂的波纹绸做的，绸子上涂了马来树胶。这种树胶脂物质具有极强的不透水性，而且一点儿不怕酸和气体的侵蚀。气球的上部更是用了两层波纹绸，因为整个压力几乎都作用在那儿。用来承受吊篮的高空气球网由坚固无比的麻绳编制而成。两个气门更是被下足了功夫，做工就像船上的舵一样精细。

吊篮的形状是圆的，直径为 15 英尺。吊篮用柳条做成，起加固作用的是一个很轻的铁骨架。吊篮下部配有一些弹性很大的弹簧，为的是气球降落时，缓和吊篮对地面的冲撞。

博士还让人做了 4 个两法分多厚的铁皮箱子。箱子之间由装着开关的管子连接。每只箱子上都装有一根约两法寸粗的蛇形管，蛇形管头上装有两条长短不一的直管，长的约 25 尺，短的只有 15 尺。

铁皮箱子嵌放在吊篮里，尽可能地少占些地方。蛇形管是后来装上的，还有一个电力极强的本生电池也是单独装箱。这套器械组合得十分精巧。

旅行仪器中还有两个气压表、两个温度表、两个罗盘、一个六分仪、两个测时仪、一个水平仪、一个人工地平仪和一个用来测定远方物体位置的地平经纬仪。

弗格森博士还配备了三个经过可靠试验的铁锚，以及 50 英尺长的一条轻便、结实的软梯。

他随身携带的食物有：茶叶、咖啡、饼干、咸肉和干肉饼。这全是些体积小、营养成分高的物品。除了备有足够的烈酒，另外还准备了两个水箱，每箱可容纳约 100 升水。

以下是气球升空要承受的重物统计：

弗格森　···　135 斤

肯尼迪　···　153 斤

乔　···　120 斤

大气球的重量　···　650 斤

小气球的重量　···　510 斤

吊篮和气球网　···　280 斤

锚、仪器、枪支、卧具、帐篷、各种用具　·········　190 斤

罐头肉、干肉、饼干、茶叶、咖啡、白酒　·········　386 斤

水　···　400 斤

全套设备　···　700 斤

氢气的重量　···　276 斤

气球压载物　···　200 斤

合计 4000 斤

这就是弗格森博士打算用气球带走的 4000 斤重量的明细录。

第八章

> 盛大的欢送会后，旅程正式扬帆起航。肯尼迪再次阻止，结果反被博士说服。

2 月 10 日，万事俱备。双层气球充上气后，经受住了强大的空气压力试验。这证明了气球性能很好。

乔高兴得飘飘然，他忙忙碌碌地跑来跑去，脸上总是喜气洋洋的，见人就谈旅行探险的详情。

2 月 16 日，"决心号"运输舰在格林威治港抛下了锚。这是一艘载重 800 吨的螺旋桨推进式快船，该船曾参加过詹姆士·罗斯爵士的两极地区探险。皮耐特舰长和蔼可亲，他对博士的旅行特别感兴趣，并对他仰慕已久。这位皮耐特舰长与其说是军人，倒不如说是位学者。但这并不妨碍他拥有 4 门大炮，这 4 门短炮还从未伤过任何人，仅仅是用来发出世界上最和平的声音。

2 月 18 日白天，气球被小心翼翼地运来，以最稳妥安全的方式存放到了货舱尽头。吊篮及附属部件，锚、绳子、食物、水箱，一切物资都在弗格森博士的监督下用绳索紧固停当。

此外，装到船上的还有制造氢气的 10 大桶硫酸、10 大桶废铁以及用于生产氢气的全套设备，包括那 30 只桶也放到了船舱下面。

船上还特地为弗格森博士和肯尼迪准备了两间舒适的客房。肯尼迪一面发誓不去，一面上了船舷，顺便把全套的狩猎用具——两支上等的双筒后膛枪和一支精致的马枪也一起带到船上。为了以防万一，他随身佩带了两支六响科尔特手枪和充足的弹药。

2月19日白天，3位旅行者登上了"决心号"，他们受到了舰长和全体军官的热烈欢迎。弗格森博士依然相当冷静；肯尼迪拼命地抑制住自己激动的心情；乔语言诙谐，惹人发笑，成了船员舱里最会逗乐的人，"决心号"给他安排了一个帆布吊铺。

20日，皇家地理学会为博士他们举办了场面浩大的欢送会。皮耐特舰长和他的军官们也应邀出席。宴会气氛热烈，酒肴丰盛。

令肯尼迪感到困窘的是，很多次祝酒都是冲着他来的。他们也为"博士的勇敢旅伴"举杯，肯尼迪的脸变得通红，这被视为谦虚的表现，大伙儿的掌声反而更响了，肯尼迪的脸也就更红了。

宴会快结束时，女王发来贺信向两位旅行家致意，并预祝考察探险成功。这使得大家又干了一次杯。

午夜时分，参加宴会的宾客们才纷纷散去，各自回家。

2月21日早晨3点钟，运输舰的锅炉发出隆隆轰鸣。

5点，船锚拉了起来。在螺旋桨的推动下，"决心号"运输舰向泰晤士河河口缓缓驶去。博士的非洲之旅正式扬帆起航。

船舰上，所有的谈话都与弗格森博士的探险有关。人们不由得对他万分信任，以至于全船上下，除了苏格兰人以外，没人怀疑博士的事业是成功的。

航行过程中，博士给军官们上了一堂名副其实的地理课。这些年轻军官们如痴如醉地倾听博士侃侃而谈40年来人们在非洲的发现。最后，弗格森博士甚至预言，6000年来非洲深藏不露的秘密必将于19世纪大白于天下。

当博士向他们介绍他旅行的准备工作时，军官们更是来了劲儿。

大家对博士随身携带这么少的食物感到吃惊。有一天，一位军官就这一点询问了博士。

"您以为我的旅行要几个月吗？你错了。假如旅行时间那么长，我们就完了，就到不了目的地。要知道，从桑给巴尔岛到塞内加尔海岸，路程不超过 3500 英里，就算是 4000 英里，按照气球的速度，如果连夜赶路的话，7 天时间就可以穿越非洲。"博士说。

"但是那样的话，您就什么也看不到了。您既无法测定地理位置，也根本考察不了那个地区。"

"您别忘了，"博士回答道，"我可以随意升降，只要我喜欢，我随时可以停下来，尤其是当气流过强，有把我裹走的危险的时候。"

"噢，你会遇到的。"皮耐特舰长插话道，"有些飓风的风速甚至超过每小时 240 英里呢。"

"要是有这么快的风，"博士顺势说，"12 个小时内就能横穿非洲了。这样，早上在桑给巴尔岛起床，晚上就睡在圣·路易岛了。"

"但是，"一位军官问道，"气球能飞得和风一样快吗？"

"有时可以。"弗格森回答。

"真的？气球经得住？"

"完全经得住，历史上有这样的先例。"

"气球能经得住，人呢？"肯尼迪试探着问。

"人也一样！因为就气球周围的空气而言，气球是静止的。不是气球在运动，而是空气在运动，所以，你在吊篮里点燃一根蜡烛的话，火苗连晃都不晃。不过，我还不想用这种速度飞行，况且我还带了两个多月的食物呢。再说还有您这位精干的猎手呢！"

"哇！肯尼迪先生！这回您真可以大显身手了。"一位军官说。

"何止这个，"另一位军官接过话头儿，"还有崇高的荣誉。"

"对你们的恭维，"肯尼迪说，"我很感动。但我无权接受……"

"啊？为什么？"大家齐声发问，"难道您不去吗？"

"是的，我不去。我不但不陪他去，而且我来这儿就是为了最后阻止他的。"

众人刷地把目光全都转向了博士。

"别听他的。"博士神情平静地答道，"他完全清楚他会去的。"

"以神的名义起誓！"肯尼迪大呼，"我保证……"

"别发誓了！肯尼迪老友。你块头量过了，重量称过了，你的枪支、子弹、火药都过了磅。所以别再啰唆了。"

的确，从那天起，一直到达桑给巴尔岛，肯尼迪再也没提过不去。

前往非洲的旅程一帆风顺。乔向水手们吹嘘自己的见闻。

"决心号"运输舰向着好望角全速前进。尽管大海波涛汹涌，天气却很不错。3月30日，也就是从伦敦起航27天后，群山逐渐展露出自己的轮廓。从海洋望远镜中，已经看得见山冈脚下的开普敦城。"决心号"运输舰在开普敦码头加足了煤之后，继续向南驶去，以便绕过非洲的最南端，驶入莫桑比克海峡。

乔已不是头一回航海了，很快他就像在家里一样自由自在。所以，当弗格森博士在会议室里继续讲授非洲探险课时，乔就在前甲板上跟水手们侃侃而谈了。他要使水手们相信，这次旅行只不过是一个小小的开端。

"朋友们，下一次探险就不是在地球表面进行了！"

"你们要飞到月亮上去吗？"一位听众问。

"月亮上？"乔不屑一顾地说，"不去！那里太平常了！我们要到其他迷人的星星上走走，我们可以先从访问土星开始，土星可是个有光环的星星呢……"

这句话前后并不矛盾，反而说明了一个气象常识。在海上，即使没有风，海面也很少有波平浪静的时候，这一点是和陆地有很大区别的。

乔和他的主人一样，有着敏捷、活跃的思维。

"飞那么高?"一位小水手惊愕地问,"你的主人真是个魔鬼。"

"魔鬼? 干这事魔鬼还差了点儿!"

"去过土星以后呢,还要去哪儿?"听众中最性急的一位问。

这一番话真是"天花乱坠",说得和真事一样,由不得人们不信。

"再去拜访一下木星。那可是个怪地方! 那里的白天只有 9 个半小时,这对懒人倒挺合适的。那里的 1 年等于我们这儿的 12 年,50 岁的老人,到那儿只是个 4 岁半的娃娃。这对那些只能活 6 个月的人来说,在那儿生活可以让他们多活上几年!"

"不信,不信!"甲板上的人异口同声地说。

"这全是真的。"乔信誓旦旦地说,"还有更新鲜的事呢。要是你们去木星上走走,就知道我说得对了! 不过,在木星上你们可不能乱来哟,因为那些卫星可不大好说话!"

可以看出,乔到哪里都是一枚开心果。

于是大伙儿笑了起来,但是也有几分相信了。接着,乔给他们谈起海王星,说在那儿海员最受欢迎;谈到火星时,乔又说在那儿最吃香的是军人;至于水星,则是个最不光彩的星球,那儿只有小偷和商人。这两种人是一样的,很难区分。最后,乔对金星做了一番动人的描述,大伙儿听得心旷神怡。

心旷(kuàng)神怡(yí):心情舒畅,精神愉快。这里是说乔的一番胡吹乱侃令大家万分新奇和兴奋,因为以前可从没听过这些事。

"等我们这次空中旅行返回后,"乔说,"我们将被授予南十字星座勋章,就是在上帝的衣扣上方闪闪发光的那枚。"

"你们完全配得上这枚勋章!"水手们齐声说道。

与此同时,博士也在作战会议室里与军官们进行着颇有教育意义的谈话。在谈论气球的操纵问题时，弗格森博士谈了自己的看法：

"我们需要发明一种很大却很轻的发动机才能抵御得住强大的气流。即使是有了这种发动机，人也承受不了！再说，至今为止，注重的是研究如何操纵吊篮，而不是操纵气球，这是一种错误。"

"不过，"有人反驳道，"气球与船有很多相似之处，而船却可以随心所欲地驾驶。"

"不对，"弗格森博士答道，"它们基本上没有什么相似之处。空气的密度比水小得多的多。船身只有一半隐没在水里，气球却整个置身于空气中，所以就周围的气流而言气球是静止不动的。"

博士有着丰富的专业知识和经验。

皮耐特舰长又说："我们都明白，但是因为是做长距离飞行，升升降降的极为困难。如果只是在空中飘飘，当然不难做到了。"

"请问，您为什么这么说？"

"因为，要上升就只有扔掉些压载物。要下降就只有放掉些氢气。这样下去，您的氢气和压载物很快就会用光的。"皮耐特舰长继续道，"但是眼下，这种困难仍然无法解决，这种方法仍然没有人能想得出来呀。"

"对不起，已经想出来了。"弗格森博士道。

"谁想出来的？"

"我！"博士笑了。

"您？"

"是的。如果想不出办法，我是不会冒险做这次气球旅行的。否则24小时以后，我就会把气球里所有的氢气用光。"

"可是，在英国的时候，您可从没谈过此事啊？"

"我没谈过，是因为我不愿引起公开争论。我预先悄悄地做过几次试验，结果十分理想。而且，这是我自己的事，所以也就用不着向别人解释什么。"

"原来是这么回事！那么，弗格森博士，您能把您的秘密告诉我们吗？"

"好吧，先生们，其实我的方法挺简单的。"

听众的耳朵一下子全都支起来了。

"支起耳朵"也是近乎夸张的说法，形容听众对博士的想法万分感兴趣。

情境赏析

本章前半部分着重描述了乔的活泼、乐观的性格特征，通过他与水手们的天花乱坠的胡吹乱侃中，让人了解了他具有和博士一样敏捷、活跃的思维。与其说这一章是在对乔的性格进行展现，莫不如说作者是在借乔之口，借乔的语言，展现自己天马行空的富于幻想的精神。

名家点评

现代科技只不过是将凡尔纳的预言付诸实践的过程而已。

——（法）利奥泰

弗格森博士控制气球的方法既简单易懂，又
如此精妙实用。

下面是弗格森博士所说的一番话：

"为了让气球能够自由升降，同时又无须消耗氢气和扔掉
压载物。我决定采用更直接的方法解决这个问题。我的升降办法是仅
仅改变一下温度，只要使封闭在气球里的气体膨胀或收缩，我就可以
达到目的了。下面我解释一下我是如何做到这点的：你们已看见了，
把吊篮搬上船的时候还运上来 5 个箱子。这 5 个箱子你们应该不知道
做什么用。

"第一个箱子盛了约 25 加仑水。首先，我往水中滴几滴硫酸增加
水的导电性。你们知道，水分又是由两个氢原子和一个氧原子构成
的。因此，接着我就用一个电力大的电池把水分解。

"氧在电池的作用下经由阳极进入第二只箱子。放在第二只箱子
上边的第三只箱子，则用来接收从阴极流入的氢。这只箱子的体积比
头两只大 1 倍。

"第四只箱可以称为混合箱。第二、三只箱子上分别有一个开关
通向第四只箱子，其中一个开关的孔径比另一个大 1 倍。事实上，由
水中分离出的两种气体就是在这只箱子里混合。混合箱的体积约为 41

立方尺。

"在箱子的上方，有一个装着开关的白金管。

"朋友们，你们现在弄明白了没有。我给你们描述的这个设备简直就是一个氢氧火焰喷枪。它喷出的氢氧混合气体燃烧时，热度远高于打铁炉里的炉火。

"如果这部分弄清楚了，我再接着说第二部分设备："气球的底部是完全密封的。两根间隔很小的管子从那儿伸出来：一根通到气球中的上层氢气里，另一根通到下层氢气里。

"这两根管子每隔一段距离就有一个牢固的橡胶接头。这使得管子在气球摆动时不至于断掉。

"两根管子通过一个圆筒形状的燃烧箱，一直伸到吊篮里。那只箱子叫加热箱，由两块用相同金属做成的高强度圆盘密封着。

"气球下部伸出的管子穿过加热箱下面的金属盘进到这个圆筒状箱子中。箱子中的这部分管子做成螺旋状蛇形管，它们几乎塞满了箱子的整个空间。蛇形管从箱子里伸出前先通到一个小圆锥体中。

"第二根管子正是通过这个圆锥体的底端伸出，就像我对你们说过的那样，通到气球的上层氢气中。

"朋友们，你们知道室内取暖用的暖气设备吧。我刚才给你们描述的东西，老实说，其实也只是一种暖气设备而已。

"实际上会怎样运作呢？一旦点燃喷嘴，蛇形管和凹形圆锥体中的氢气就被烧热；加热了的氢气迅速沿着管子上升进到气球上部的氢气层中；下面随即形成空隙；而这个空隙又吸进气球下层的氢气，它们被加热后又顺着管子上升。如此循环往复，不停地加热，气体形成了一股热气流沿着管道和蛇形管迅速流动。

"你们知道，氢气的体积随着温度升高而增大。比如说，如果我把温度增加 18 度，气球中的氢气的体积将膨胀 1674 立方尺。因此，它将排挤掉 1674 立方尺的空气，升力将增加 160 斤，这就等于扔掉同等重量的压载物。同理可证，如果我把温度提高 180 度，那么升力将加大 1600 斤。

"先生们，你们明白了吧。如果想保持气球稳定，那么只要在气球里充一半氢气。这时它排出的空气重量就与氢气包囊的重量、载人及所有货物的吊篮的重量相等。因此气球就可以在空中完完全全保持平衡了，既不上升也不下降。

"如果想升高，我就用喷嘴把氢气加热。通过加热，可以使气球充得更大，氢气膨胀得越大，气球便会升得越高。

"降低氢氧喷嘴的温度，让氢气冷却下来，气球自然就下降了。因此一般说来，上升比下降要快得多。而危险往往是在下面而不是在上面。

"再加上我还有一些压载物。如果必要的话，扔掉它们能使我升起得更快些。因此这样可以将危险减到最低程度。

"再说，因为我能任意降落，能在途中补给用水，所以，我爱旅行多久就能旅行多久。

"先生们，这就是我的秘密。使气球中的气体热胀冷缩，这就是我的方法。它简单得不能再简单了，既方便又轻巧，所以不可能不成功。因此，我认为我已经具备了成功的一切必要条件。"

弗格森博士结束了他的讲话，作战室里响起了雷鸣般的掌声。大伙儿都对他产生了由衷的钦佩和敬意。

第十一章

虽然遭到了当地黑人的抵抗，博士的气球还是成功升空了。

伴随着和煦的海风，"决心号"运输舰一路快速向前，4 月 15 日上午 11 点钟，在桑给巴尔岛的港口抛锚。

桑给巴尔岛与非洲大陆只隔着一条最宽不超过 30 英里的海峡，这里每天都要接待来自邻近地区的大量船只。

"决心号"刚抵达，桑给巴尔的英国领事马上就来登船拜访了，他表示愿为博士效劳。他还邀请博士、肯尼迪和乔住到他的家中，并对博士关怀备至。

大伙儿计划把气球从船上卸到桑给巴尔的海滩上。在信号柱附近，刚好有一块合适的空地。空地旁边的一栋高大建筑物，正好可以挡住东面的来风。

但是，在往下卸气球时，却得知岛上的居民要用武力来阻止这件事。他们认为弗格森博士的计划是在打太阳和月亮的主意，而这两个星球又恰恰是他们崇拜的对象，所以他们决定阻挠这次亵渎神灵的旅行。

领事连忙与弗格森博士及皮耐特舰长一起商议。弗格森博士非常理智。

"我们的安全不用担心。"博士对他说,"因为驻防兵们可以保护我们。只是气球遭到破坏就麻烦了。因此,还是慎重行事吧。对了,我记得码头那边有许多小岛。我们可以把气球随便卸到哪个小岛上,再派上些水兵把守,这样就绝对安全了。"

"太好了!"大家一致同意。

4月16日上午,气球被安全地放置到库布尼岛上,那里有一片被树林包围的草地。他们在草地上竖起两根高80尺的木杆,再在木杆顶端固定上一套滑轮装置,这样气球就被微微吊离地面。

直到下午5点钟,航空的各种准备工作才全部结束。整个准备过程中,哨兵们始终守护着该岛,"决心号"的橡皮艇也在海峡里来回巡逻。

当地土著们依旧龇牙咧嘴地喊叫着,巫师们在愤怒的人群中蹦来跳去。有些暴躁的人甚至想游上小岛,不过都被哨兵们赶跑了。

于是,他们又动用巫术。"唤雨"大师开始呼唤"石雨"来救助他们;同时还把一根长针刺进一头绵羊的心脏。但是,无论他们搞什么仪式,天空依然晴朗无云。没有办法,黑人们只好恣意狂饮,又唱又跳,一直折腾到深夜。

晚上6点钟,三位旅行家、舰长及军官们聚集在"决心号"的餐厅里共进最后一顿晚餐。

这顿饭的气氛显得比较忧伤,当然这也正常,因为大家都在沉思:这三位勇敢的旅行家会有怎样的命运?他们还能与朋友们重聚吗?他们能重新回到家里的壁炉旁吗?假如他们的气球坏了,假如他们成了部落的俘虏,或者落入那些未知的地区,那可怎么办呢?

一向沉稳冷静的弗格森博士也开始东拉西扯,试图消除笼罩在大家心头的颓丧忧伤,然而一切都徒劳无功。

第二天清晨6点,他们离开舱房,前往库布尼小岛。气球在东风的吹拂下轻轻摆动，博士的气球之旅即将启程。

庄严的启程仪式后，肯尼迪走到博士跟前，拉住他的手说：

"萨弥尔，你真的决定走了吗？"

"亲爱的肯尼迪，我早已决定好了。"

"为了阻止你，我竭尽所能了吗？"

"没错！"

"好吧，那样，我就对得起我的良心了！我决定了，跟你一起走！"

"我早料到你会这么做的。"博士答道，毫不掩饰他的激动。

告别的时刻终于到了。舰长和他的军官们热烈地拥抱了他们无畏的朋友们。9点钟，三位伙伴登上吊篮。博士点燃了氢氧喷头，并把火头拧大，以便尽快产生热量。几分钟后，气球开始缓缓上升。

"朋友们，"博士站在两位伙伴之间，摘下帽子呼喊道，"给我们的空中航船起一个吉祥的名字吧！就叫它'维多利亚号'吧！"

一片震天的欢呼声随即响起：

"女王万岁！英国万岁！"

此时，"维多利亚号"气球迅速地升向天空。"决心号"运输舰上的4门大炮响起了震天的礼炮声。

"维多利亚号"气球升空了。弗格森博士一行三人度过了他们难忘的第一天。

空气清新，风力适中。"维多利亚号"几乎垂直上升了 1500 英尺后，稳定的气流将气球吹向西南方。一幅迷人美妙的景色在旅行家们眼前展现开来！整个桑给巴尔岛尽收眼底，田野上呈现出浓淡不一的色调，森林和树丛变成了一簇簇异彩纷呈的绿团。

"维多利亚号"一直上升到 2500 英尺的高度。非洲绵延的海岸线消失在西方一片翻卷的浪花之中。

看到这一切，乔高兴地用双唇模拟出各种声音：哦噢！哎嗨！

两个小时之后，以每小时 8 英里多的速度飞行的"维多利亚号"，终于到达了非洲海岸上空。博士决定靠近地面。他拧小了喷嘴的火头，气球很快下降到距离地面只有 300 英尺高。

气球现在处在姆利马地区的上空，这是非洲东海岸某一部分的名字。海岸线被茂密的芒果树林防护着，退潮的时候，甚至还可以清楚地看到地上裸露的芒果树树

异彩纷呈：奇异的光彩纷纷呈现。这里是形容美丽的非洲大陆有着和旅行家们的家乡不同的美妙景色。

此处描述了旅行家们初入非洲大陆的情景，介绍了这一带的独特风光。

根。在西北方，耸立着恩古鲁山的山峰。

"维多利亚号"从考尔村飞过。聚集的村民向空中发出愤怒和恐怖的吼叫声；一支支箭徒劳地射向空中的怪物，而它依旧飘荡在这些无能为力的人群的头顶上。

风将气球吹向南方。但博士并不担忧，相反，这可以让他追随着伯顿上尉和斯皮克上尉的足迹。

肯尼迪和乔你一言我一语地赞叹着气球的神奇便捷和景色的美丽迷人。大自然新鲜的空气也给他们带来了好胃口，他们拿出饼干和牛肉，又在博士的氢氧喷嘴上借用热气煮了点儿咖啡。一顿营养丰富的早餐就在几位伙伴谈笑风生的欢快气氛中结束了。

风光秀丽的非洲大陆，蛮荒落后的土著居民。形成鲜明的对比，令人感叹。

这时，气球飞过了一个看上去非常肥沃的地区。一望无际的田野里，种满了烟草、玉米和大麦，到处都是盛开着红紫色稻花的稻田。只是在这里，庞然大物照样引起了村民们极大的骚动，棍棒、石子雪花般地向气球飞来，弗格森博士谨慎地将气球保持在弓箭的射程之外。

中午，气球飞抵乌扎拉莫国的上空。从这里俯视下去，原野上椰子树林立，棉花树成行，风景十分美丽。

旅行家们顾不上停留，他们继续以每小时 12 英里的速度前进，很快到了位于东经 38°20′的通达村上空。

这个地区疟疾长年横行。为了避免感染上这种疾病，博士只好升高气球，远离这片充满疫气的土地。

又飞行了一会儿，环境突然变了模样，村子越来越少，芒果树也没了。在这个纬度上，原来的草木已不能生长，地面成了丘陵，让人预感到随后就要进入山区了。

"西边，有可能就是著名的杜图米峰，它是乌里扎拉山的头几条山脉。我们就藏在这座山的后面过夜吧。"博士提醒说道。

"多漂亮的树啊！"乔看到一棵奇怪的树喊了起来。

"这就是猴面包树。"弗格森博士答道，"一棵树的树干就有 100 尺粗。法国探险家麦桑，可能就是在这种树下被土著们杀死的。"

再一次印证了这是一片美丽的土地，更是一片危险的土地。

"那咱们也不要停在半路，升高吧，主人！"乔有些怕了。

"好的，如果顺利的话，我们晚上 7 点就会越过杜图米峰。"博士说。

"我们晚上不旅行吗？"肯尼迪问道。

"尽可能不飞。我们应该在毫无危险的情况下小心飞行，不是吗？另外，我们也应该好好看看非洲这片土地！"

"那当然。"

晚上 6 点半光景，"维多利亚号"飘游到了杜图米峰前面。博士将气球上升到 3000 多英尺，紧贴着山顶飞过。

光景：用在表时间或数量的词语后面，表示大约的时间或数量。

8 点钟，气球在杜图米峰另一侧地势最缓的山坡上空徐徐下降。几只锚紧紧地钩住了一棵巨大的仙人掌的枝杈。乔立即抓住锚索滑下去，把锚牢牢地固定在枝杈上，又敏捷地攀上软梯，回到吊篮中。气球避开了东面来风，悬在那儿一动不动。

晚饭准备妥当。兴奋不已的旅行家们，一下子吃掉了许多食物。

旅行的第一天，让三位勇士雀跃不已。

博士看看月亮，确定下位置，然后查了查作为旅行指南用的精美地图册。除此之外，弗格森博士还准备了一部关于尼罗河所有已知材料的巨著，即查理·倍克所著的《尼罗河探源——其河谷、概况及发现史》。他还带了刊登在《伦敦地理学会学报》上的那些精制地图。

这一段也说明了一个地理常识。由此，你能推断出几条关于地球地理方面的常识呢？

在往地图上做标记时，他发现他们已经前进了 2°，也就是说，向西行进了 120 英里！

博士对此非常满意，因为他可以探查清楚以前的探险家们走过的道路。

为保证另外两个人的安全，三个人决定晚上轮流值班。博士值 9 点到 12 点的班，肯尼迪是 12 点到第二天清晨 3 点，乔是 3 点到 6 点。

于是，肯尼迪和乔裹上被子躺到帐篷里，进入了梦乡。弗格森博士则警惕着周围的动静。

强壮的肯尼迪突然病倒，气球又遭受了狒狒
的袭击，旅行路上的麻烦还真不少。

宁静无事的第一夜终于过去了。然而，第二天早上，肯尼
迪一醒来就觉得四肢无力，浑身打颤。天也变了，空中
覆盖了厚厚的乌云，好像预示着会有一场滂沱大雨。

不一会儿，倾盆大雨劈头盖脸地扑向三位旅行家。下面的道路本
来就长满了荆棘和灌木丛，此时更是寸步难行。空气中散发着浓浓的
硫化氢的气味。

"糟糕的地方！"乔说，"肯尼迪先生的身体似乎不大好，我想我
们无法在此过夜了。"

乔灵活地卸下锚，顺着梯子回到吊篮里。博士拧大火头，气体迅
速膨胀。"维多利亚号"在大风的吹送下继续飞行。透过迷蒙的烟雨，
隐约可以看到下面有几座茅屋。

肯尼迪这时十分痛苦，高烧折磨着他强壮的身体。

"别紧张，朋友，"弗格森博士安慰道，"你很快就会好的。我有
不花分文的'退烧药'。我马上就把气球升到袭击我们的这些雨云上
面去，你很快就能感受到阳光的作用了。"

"是这么一服药啊！看来我们的气球真是座天堂啊！"

气球升上来了，他们看到了一个奇特的景观：云层们你压着我，我压着你，碰撞之后又散开，透射出一片光芒，那是反射的阳光。经过测算，他们已是在 4000 英尺的高空，鲁伯霍山露出洒满阳光的顶峰。

3 个小时后，肯尼迪不再有任何烧得发抖的感觉，而且吃饭有了胃口。乔和肯尼迪不得不惊叹博士的"灵丹妙药"！

上午 10 点，天气好转，云层渐渐裂开，大地又露出来了。"维多利亚号"开始向大地靠拢，在降到距离地面 600 英尺的高度时，下面的地势变得高低不平，甚至出现了多山地区。

不久，高低不等的山岳屹立在眼前，一个个山峰直插云端。弗格森博士灵巧地操纵着气球，努力避开那些似乎突然从云中冒出来的锐利尖峰，同时，他也不忘向两位同伴大谈空中飞行的好处：

"假如我们这时是在步行，那么我们说不定就会陷进污泥里，步履维艰；说不定就会与向导、脚夫发生冲突。也许还会遭遇蚊蝇的叮咬和土著人的折磨。"

"咱们可别去尝试步行了。"乔十二分地赞同博士的看法。

11 点钟，他们飞过了伊曼内河谷。地面上的土著人举着他们的武器，徒劳地威吓"维多利亚号"。气球终于到达鲁伯霍山前的山岳地带。这片山岳是乌扎加拉山的第三支，也是最高峰。

三位旅行家仔细地观察了该地区山岳形态的构造：三条支脉中，杜图米是第一条，它们之间被一条宽阔的平原隔离开；高高的山由圆锥山体组成，山体之间的地面上布满了瓦砾和卵石；山中最陡峭的斜坡与桑给巴尔海岸遥遥相望。山下是黑油油的土地，那里生长着茁壮的草木，一条条河流穿过丛丛无花果树、罗望子树、葫芦树和棕榈树后向东流去，最后涌向金加尼河。

"小心！"弗格森博士提醒道，"我们正接近鲁伯霍山。它的名字在当地土语中，意思是'风经过的地方'。我们最好绕过它，所以我们要让气球上升 5000 多英尺。"

不一会儿，氢气膨胀起来，气球开始上升。

"我们要一直这样长时间高空中飞行吗?"乔问。

"大体积气球可以飞很高。这是布利奥希和盖·吕萨克曾做过的试验。"博士回答，"可是他们飞得太高了，由于空气稀薄，呼吸艰难，他们的嘴巴和耳朵都往外流血。几年前，两位勇敢的法国人，也冒险升到很高的区域。最后他们的气球被撕裂了……不过他们没有受到多大伤害。"

"那好吧! 诸位，"乔说，"我只是小人物，我更愿意待在不太高也不太低的位置。我不想掉下去。"

6000 英尺的高空，空气很稀薄，声音传播很困难，说话也听不大清楚。下面的东西变得模模糊糊，分不清是人还是动物。道路像根鞋带，湖泊成了小水池。

博士和他的同伴都觉得非常不舒服。一股强劲的气流带着他们飞过一座座崇山峻岭。山顶覆盖着大片的积雪，让人眼花缭乱。太阳当头照射，光芒照耀着荒凉的山峰。博士把地势绘制成精确的地图。这群山由四条岭构成，这四条岭几乎处在一条直线上，其中最北边的那条最长。

不久，"维多利亚号"来到鲁伯霍山的另一面，沿着绿树成荫的山腰开始下降。下面，荒无人烟，层峦叠嶂映入眼帘。再往下，浩茫的平原铺展开来，阳光灼热地烘烤着，使得平原龟裂。然而，一簇簇盐性植物和带刺灌木丛却处处可见。

气球贴近地面时，乔抛出锚，小心地固定在一棵硕大的枝杈上。博士让氢氧喷头继续喷着火，好使气球浮在空中。这时，风似乎也停了。

"现在，"弗格森说，"朋友们，拿上两杆枪，去搞几块羚羊肉来当晚饭吧。"

　　听到这话，肯尼迪兴奋地翻过吊篮，跳到地面。乔早已抓着树枝打秋千似的冲下树，伸胳膊踢腿等着他了。

　　走到地面上，他们才知道，干旱的气候早已使得这里的土地都龟裂了。分外荒凉和凄寂的土地上，偶尔可以发现骆驼商队走过的痕迹。一堆堆人和牲畜的骸骨，被风化得七零八落，与尘土混合。

　　一路上，肯尼迪和乔神情戒备，手指扣着扳机，仔细搜索着猎物的踪影。突然，肯尼迪向乔打了个手势，乔顺势看去，原来是十几只大羚羊正在一摊水洼旁饮水。它们不时地昂起美丽的头，警惕地看着四周。

　　肯尼迪机敏地绕过几簇树丛，放了一枪，只见一只公羚羊应声倒地。肯尼迪迅速奔向猎物。这是一只漂亮的南非大羚羊，身子是蓝灰色的，肚子和大腿跟雪一样白。

　　他们从羚羊身上割下一打排骨，然后又割下了几块最嫩的里脊。在肯尼迪的协助下，它们很快就变成了美味可口的烤肉。

　　"啪！"正在他们吃兴正浓的时候，空中忽然传来一声枪响。肯尼迪失声大叫：

　　"是我的马枪！博士一定遇上麻烦了！"

　　两位猎手急忙往回赶。这时，又听得传来第二响枪声。这紧急的信号让他们加快了奔跑的速度。

　　一出树林，他们首先看到"维多利亚号"旁边黑压压的一片，博士仍在吊篮里。

　　"天啊！"乔大叫一声，"一群黑人在袭击气球！"

　　"乔，不要怕。我们得干掉这其中的几个家伙。冲！"

　　他们以惊人的速度跑过去。这时，吊篮里又响了一枪，这一枪击中了一个爬上绳索的家伙。他挂在离地面 20 英尺高的地方，四肢在空中摇来摆去。

乔正奇怪这个人怎么不掉下来，待定睛一看，原来是一只狒狒！

这些畜生受了枪响的惊吓，四处逃窜。地上只留下几只死尸。

紧张的时刻终于过去了，乔爬上无花果树，摘掉了锚。几分钟后，"维多利亚号"升到空中，和风将他们向东吹去。

"这群狒狒真可怕！"博士笑道，"好在有惊无险！我也可以品尝品尝美味可口的羚羊肉了。"

旅行家们就着烈酒，开始品尝羚羊肉。

下午4点，"维多利亚号"碰到了一股较强的气流。下面的地势也在不知不觉间升高了，气球也升到了1500英尺的高度。7点钟左右，"维多利亚号"飞翔到了卡涅梅盆地的上空。在猴面包树和葫芦树的树丛中，隐藏着一个个村庄。博士立即认出来了，乌戈戈国一位苏丹的王宫就在这儿。

过了卡涅梅，大地逐渐干燥起来，地面净是石子。但是一小时后，在离姆达布鲁不远的地方，出现了一块肥沃的洼地，草木恢复了生机。随着夜晚的到来，风平息了，大气层仿佛睡着了。博士看到大自然这般宁静，便决定在空中过夜。为安全起见，他把气球上升了1000英尺左右。"维多利亚号"纹丝不动地悬挂着。美妙的繁星之夜来临了。

肯尼迪和乔安稳地躺在自己的铺上，很快坠入了梦乡。博士依然值第一班。

夜里十分寒冷，白天和夜晚的温度相差了27度。

随着夜幕的降临，动物们的音乐会开始了。青蛙亮出女高音般的嗓子，声音大过豺狼的尖叫；狮子那庄严的男高音也加入了这支富有生气的乐队。

早晨，弗格森博士看了看罗盘。他发现，风在夜间变了方向。这两个钟头，"维多利亚号"向东北偏航了30英里左右。现在，它正经过马班古鲁的上空。马班古鲁是个多石的国家，到处都是大块大块美丽光滑的黑色花岗石。

7点钟左右，下面显现一块形状像大乌龟、面积约两英里大小的圆形岩石。

"我们没走错路。"博士说，"这儿就是吉乌拉姆考，我们在这里把储备水更换一下。乔，把锚扔下去。"

升力逐渐减小，气球接近了地面。锚在地上迅速地移动着，不久，一只爪子卡进一条岩石缝里。"维多利亚号"停下不动了。

根据地图上的记号，乔毫不费力地找到了水潭。他把桶盛满水，马上返回了气球，整个过程不到三刻钟。但是在路上，他除了遇上几个大的捕象陷阱外，没见到任何不平常的事。乔还带回来一种山楂模样的果实，博士说这是姆邦布树上的果实，这种树在吉乌拉姆考西部很常见，其果实很受猴子的青睐。

更换完储备水，博士加大火力，"维多利亚号"又开始了它的空中旅行。

气球距卡泽赫大概还有100英里。卡泽赫是非洲内地的一个重镇。由于是东风，旅行家们希望在天黑前抵达那儿。气球虽然相当难以驾驭，但博士异常灵巧地操纵着气球，他们以每小时14英里的速度往前进发。气球沿着相当陡峭的山坡时升时降，擦过坦波村和图拉·威尔斯村上空。图拉·威尔斯村是乌尼央维基地区的一部分。这个地区美丽如画，树木高耸入云，植物枝繁叶茂，仙人掌都长成了庞然大物。

下午两点左右，天气晴好，火热的太阳使整个空气都凝固了。这时，"维多利亚号"漫游到了距海岸350英里的卡泽赫城上空。

"早上9点钟，我们从桑给巴尔启程，"弗格森博士翻看着笔记说，"由于绕道，两天时间，我们已经飞了约500英里，而伯顿上尉和斯皮克上尉走这段路，整整花了4个半月啊！"

在卡泽赫，气球被当成了月亮女神，三个旅行家被当成了月亮女神的儿子。

卡泽赫，虽是中非重镇，实际上并不是城市。因为在非洲内陆，根本没有真正意义上的城市。卡泽赫包括 6 个宽敞的凹地，每个凹地周围都有奴隶住的茅屋，每个茅屋后则有小院落和小菜园。园里种着洋葱、番薯、茄子和南瓜等长势喜人的作物。

乌尼央维基是卡泽赫地区最富饶的大花园，在它的中心区乌尼亚南贝，住着几户懒散的纯阿拉伯人。他们早年在非洲和阿拉伯国家之间做生意，买卖橡胶、象牙、印花棉布和奴隶。他们的骆驼商队足迹遍布赤道，他们还从沿海地区带来奢侈品和消遣物，提供给富商巨贾。这些有钱人妻妾成群，奴仆如云，无所事事，不是抽烟，就是睡觉。

卡泽赫的集市上总是无比嘈杂：生意人的吆喝声、脚夫的叫喊声、女人的歌唱声、孩子的哭闹声交织成一片经久不息的喧嚣。市场上陈列着五花八门的商品：布匹、玻璃珠、犀牛角、蜂蜜、烟草、棉花，应有尽有。

当"维多利亚号"在空中出现时，这里的喧闹戛然而止。所有的人转眼间就不见了，躲回了自己的家中。

"亲爱的弗格森,"肯尼迪说,"如果我们继续引起骚动,就很难与这些人打交道了。"

"这些土著人感到害怕,是出于迷信和好奇,他们马上就会回来的。"博士说道。

"维多利亚号"不知不觉地接近了地面。一只锚钩住了集市旁边的一棵树。这时,所有的居民果然都小心翼翼地走了出来。有几个当地的巫师还大着胆子走向他们,他们的腰间挂着一些用油涂过的小黑葫芦和各种法器,腰带脏得令人作呕。

巫师们的身旁渐渐地聚集了很多女人和孩子。鼓"咚咚"地敲起来,他们拍着手掌,然后把手指向天空。

"他们在做祷告。"弗格森博士说,"看来咱们要演一出好戏了。"

这时,只见一位巫师做了个手势,顿时全场鸦雀无声。这位巫师向旅行家们说了几句话,但是没人知道那是什么语言。

弗格森博士虽然没有听懂,仍说了几句阿拉伯语碰运气。他的话得到了巫师的阿拉伯语回答。

博士进而明白了,原来"维多利亚号"被他们当成月亮女神了。他们以为,可爱的月亮女神带着她的儿子们恩临于此。这可是莫大的光荣。

博士庄严地回答说,月亮女神每一千年周游一趟,巡视她的人民和土地。她感到有必要展现自己的风采。因此博士请大家不要拘束,趁女神降临之际,讲讲自己的需要和愿望。

巫师趁机回答说,苏丹已经病了好几年了,希望得到月亮之子的救助。

听了巫师的话,博士转过身对众人说:

"月亮女神怜悯你们的国王,所以,她委派我来治愈他的病。"

全场响起了更加响亮的欢呼声和歌声。

博士为了保证安全，让肯尼迪留在吊篮里，乔下到气球的软梯下面。然后他带上他的旅行药箱，独自一个人前往王宫。

就这样，弗格森博士被宗教仪仗队簇拥着，庄严地前往王宫"坦贝"。这时正是下午 3 点钟左右，太阳照耀着大地。

苏丹的一位英俊的私生子前来迎接他。这少年在月亮的儿子面前匍匐下来，月亮的儿子马上动作优雅地扶他起来。

三刻钟后，博士来到了苏丹的王宫。这座王宫座落在一个山丘的山坡上。王宫茅草顶的屋檐向外突出，下面用一些雕刻过的木柱支撑着。木柱上极力勾勒出人和蛇的图腾。

英俊魁梧的侍卫们毕恭毕敬地把弗格森博士迎了进去。博士注意到门楣上按避邪的方式挂着一些兔子尾巴和斑马鬃。

在一阵和谐的鼓乐声中，一队王妃接待了博士。这些女人美丽非凡，她们穿着雅致的连衣裙，手里拿着大黑烟斗，笑眯眯地抽着一种植物叶。不过，她们即将接受残酷的死刑，因为一旦苏丹死了，她们将被活埋在他的身边，陪伴着他。

弗格森博士顾不得多看，径直走到苏丹的木榻前。床上躺着一位 40 岁左右的男子，因酗酒和荒淫过度，已经变成了白痴，要想把他治好，已经不可能了。

"月亮之子"煞有介事地往苏丹嘴里滴了几滴强烈兴奋剂，使这具没有知觉的躯体，复活几分钟。只见苏丹轻轻地动了动，顿时欢呼声四起，向医治者表示敬意。

看完病，博士推开这些崇拜者，迈出王宫，向"维多利亚号"走去。这时，已是下午 6 点钟了。

博士不在的时候，乔除了安心等待着主人，还与周围的土著人跳起了一种快步舞，当地的居民对月亮之子的舞步感到非常好奇，不过，他们如猴子般善于模仿，于是大家又蹦又跳，乱作一团。

正玩得高兴，乔发现主人从一堆愤怒的人群中走过来——巫师和酋长们紧随其后，怒气冲冲。

"糟糕！出什么事了？难道是苏丹死了？"肯尼迪在气球上看到了危险，但不明白是何原因。

博士快步来到绳梯旁，他迅速地爬上绳梯。

"快上来，乔，"主人向乔吩咐道，"直接把锚索砍断！"

"到底怎么回事？"乔边爬进吊篮，边问。

"看吧！"博士指着地平线答道，"真的月亮升起来了！"

的确，月亮又红又大，像一个火球在天际冉冉升起。

这意味着：要么，世界上有两个月亮；要么，这些外来人是假神仙……也基于此，土著人的态度发生了转变，他们这才意识到上了当，禁不住大声怒吼起来。刹那间，弓箭、火枪都对准了气球。

这时，一位巫师爬上树来，一味往下拉气球，折断了一些树枝，这竟把锚给解开了。气球猛地向上升起，把锚和巫师一起带走了。

乔拿着斧子就往前冲，准备砍断绳索。

"不要！"博士反驳道，"等会儿，我们悄悄地把他放回地面。我相信，经历了这次奇遇，这位巫师的威望会更高。"

"维多利亚号"升到1000英尺左右的时候，这位可怜的黑人死死地抓住锚索，两眼发直，既惶恐又惊讶。

半小时后，博士找到了一个荒无人烟的地方。他拧小氢氧喷嘴的火头，向地面靠去。在离地面还有20英尺时，黑人便迅速向下跳去。

"维多利亚号"减轻了负重，重新升上去了。

暴风雨来临，气球又遇到了新的挑战。

"卡泽赫的那个苏丹到底怎么了?"肯尼迪追问。

"他只是一个半死不活的老醉鬼，不值得任何人同情。"

说话间，北方的天空中便布满了黑压压的、不祥的乌云。300英尺的空中聚集着一股强风，它将"维多利亚号"吹向东北方。气球的上方，蓝色苍穹一片纯净，空气却十分沉闷。

晚上8点钟左右，受即将来临的暴风雨的影响，大气气流吹着他们以每小时35英里的速度前进。姆夫托地区起伏不平却物产丰富的平原，从他们脚下一一闪过。

"我们完全来到了月亮之国。"弗格森博士说，"这个名字是前人起的，一直沿用至今。这里确实是个好地方，一草一木非常美丽。"

"在伦敦周围要是有这么一个地方就好了。"乔回答道，"真遗憾!为什么美好的东西，总留在一些野蛮的地方呢?"

"也许有一天，这个地方会变成文明的中心呢。"博士说，"当欧洲的土地贫瘠之极，人们或许会移居到这里来生活。"

"哇!先生，我真想看到这一切。"乔神往地说。

这时，几缕残阳划破团团的积云，斜照着大地。地面被太阳的余辉染出一道道金浪;天地间一线相连，没有峻岭，也没有高山;荆棘丛生的热带丛林，将众多村庄隔离开来。不久，他们还发现了在草木青翠的绿茵丛中蜿蜒蠕动的马拉加扎里河。它融入了众多小水流，高高看去好像投向西部的一个瀑布网。地面上动物成群，偶尔还能听到象牙折断树木的声音。

"真是个狩猎的好地方！"肯尼迪叫道，"咱们下去试几枪吧！"

"不行，亲爱的。现在是夜晚，充满危险的夜晚，时刻都有暴风雨来临，一旦下雨，地上就像一个巨大的电池组可以导电。"

"可是，主人，"乔说，"这会儿热得发闷，一点儿风也没有！"

"那么，"猎人问，"我们要上升吗？"

"肯尼迪，我想升上去。可是我怕在气流相交时，气球会被甩出航线。"

"那我们要改变动身以来一直走的方向吗？"

"如果有可能，我就直接向北飞七八度，"弗格森回答说，"向假定的尼罗河源头地区飞去。也许，我们还能见到斯皮克上尉的探险队，甚至是德·霍伊格林先生的骆驼队留下的一些痕迹。"

"你瞧！"肯尼迪打断博士的话，喊道，"河马正在露出水塘，鳄鱼们也焦躁不安。是不是要下雨了呀！"

没错，雷雨即将来临！

晚上9点钟，"维多利亚号"一动不动地悬在姆西内地区上空。黑暗中已几乎辨别不出下面散布着的一个个村庄。有时，黑糊糊的水面中反射出一丝回光，可以让人依稀看见棕榈树、罗望子树、埃及无花果树的影子。

"又闷又热，我觉得都透不过气来了。"肯尼迪使劲儿吸着稀薄的空气，"我们要怎么办呢？我们要往下降吗？"

"可是，雷雨要来了呢？"博士忧心忡忡地说。

"今晚也许不会下雷阵雨，你看乌云高着呢。"乔插了一句。

"就是这个缘故，我才不知道要不要穿过乌云升到上面去，因为升得这么高，连地面也看不见，我们就无法知道，我们是不是在动，往哪儿动。"博士解释说。

"快快决定吧，亲爱的弗格森，迫在眉睫了。"肯尼迪着急地说。

"这真是太遗憾了。我很难决定，要是升高，乌云中的对流气团可能把我们卷入旋涡中去；闪电可能把我们烧成灰烬；就算我们把锚钩住树顶，狂风也能把我们摔到地上。要是降低，又怕下暴雨。"

"那怎么办呢？"

"只能把'维多利亚号'停在天难地险的半空中了。我们还有足够氢氧喷嘴用的水，还有 200 斤压载物。"

"我们来和你一起值班吧！"猎人建议。

"不用，睡吧，有事儿我会叫醒你们的。"

于是，肯尼迪和乔钻进被子里睡了，留下博士一个人注视着无垠的宇宙。

不知不觉间，重重的乌云压了下来，天空变得更黑。苍穹仿佛要把地球压扁似的。猛然，一道耀眼、迅猛的闪光划破了黑沉沉的夜空，把乌云撕开一个裂口，紧接着，天际深处响起一声震耳欲聋的炸雷。

酣睡中的两位突然被这可怕的响声惊醒。

"下降吧！"肯尼迪道。

"不！气球吃不消。趁乌云还没变成雨，风还没刮起来，咱们赶快往上升！"

说话间，博士加强了燃烧的火力。

热带雷雨爆发得又快又猛，力量大得惊人。又一道闪电撕裂了黑沉沉的夜空，紧跟着又闪了 20 多下。粗大的雨点中，噼啪作响的电光火石，在天际间划出一道道五光十色的斑纹。

"迟了。"博士说，"现在，我们只好乘着气球穿过闪电带了，尽管气球充满了易燃气体。"

"还是着陆吧！下降吧！"肯尼迪一再唠叨。

"就是着陆，也一样有可能被雷击中，危险不比上升小多少，再说，我们的气球会很快被树枝划破的！"博士反驳道。

"那我们升上去！弗格森先生。"乔插话道。

天空这时已是一片火海，轰隆的炸雷声响作一团。在这片动荡不安的大气中，暴风也肆意发威。它卷动着炽热的乌云，像一台巨大的风扇在拼命地吹风一样，将这场大火越烧越旺。

弗格森博士使喷嘴保持最大的火力。气球一边膨胀一边上升。肯尼迪跪在吊篮中间，紧紧拉住帐篷上的绳索。气球不停地旋转，不停地摇摆，大家都头晕目眩。气球的外壳与内壁之间出现一些大空隙，风拼命往里钻，波纹绸在风的压力下发出吓人的响声。冰雹倾泻而下，打在气球上噼啪作响。但是，气球不顾一切地继续上升，上升。闪电贴着气球边缘掠过，在气球周围划出一道道燃烧的火线。"维多利亚号"已被火海包围。

"上帝保佑！"弗格森博士说，"现在只有上帝才能救我们。大家做好准备吧，这样，坠落时可以慢些。"

博士的话勉强传到了同伴的耳中。不过，借着道道闪电的亮光，他们还是能够看清他镇定的神色。

气球不住地旋转着，摆动着，不停地上升。一刻钟后，"维多利亚号"终于穿过雷雨的云层，升到了宁静的高空。下面依旧风雨交加，电闪雷鸣，电火花犹如一团团火焰挂在吊篮下边。

这是大自然赐给人类最美的景观。下面，电闪雷鸣，狂风肆虐，大雨滂沱；上方，皓月当空，群星灿烂，恬静祥和。

气球上升到了 12000 英尺的高空，这时已是晚上 11 点钟了。

"感谢上帝，危险总算过去了。"博士说。

"太恐怖了！"肯尼迪惊魂未定。

"还不错。"乔接过话头，"这给咱们的旅行增添了不少乐趣呢。瞧！多壮观的场面啊！"

> 一波未平，一波又起。气球的锚竟然卡在了象牙之间。

星期一，早上 6 点，乌云四散，太阳升起，柔风吹拂，晨露微光。

气球在对流气团中转来转去，几乎还待在老地方。博士一边降低气球，一边寻找北去的气流，但没有任何结果。"维多利亚号"在风的吹动下向西飞去。

山河大地重新映入了大家的眼帘，月亮山也尽收眼底，山上的孤峰披挂着长年不化的积雪。对于去往非洲中部的探险家们来说，它是一道难以逾越的天然屏障。

原生态的自然风光令人心旷神怡。

弗格森博士开口说道："现在我们到了一个没被开发的地区。"

"我们要过这座山吗?"肯尼迪来了兴致。

"不了。我希望能找到一股顺风，可以把我们带向赤道去。"

博士的预言很快实现了，没多久，"维多利亚号"就不紧不慢地向东北飘去。

"我们的方向正对头。"博士查了查罗盘说，"现在我们离地面将近 200 英尺，是考察这个地区最合适的高度。"

中午，"维多利亚号"到了东经 29°15′，南纬 3°15′ 的地方。气球经过乌约夫村的上空，该村是乌尼央维基最北的边界，离乌克雷维湖不远。

在赤道附近居住的部落，看上去比较文明些。每个部落都有一个权力无边的王。人口最稠密的地区是卡拉瓜省。

三位旅行家决定降落，因为气球也需要检查一下。他们把锚从吊篮里抛了出去，"维多利亚号"如同一只巨大的蝴蝶一样，在绿色的海洋里飞行着，视线里没有一个障碍物。一群鲜艳的欢快地歌唱的飞鸟，从阔叶高草中不时惊起。垂下的锚隐没在这片花海中，犁出一道浅浅的痕迹，就如同水上泛舟激起的微波一样——这道浅痕在锚的后面转眼消失了。突然，气球猛地颠簸了一下，大概是锚钩住了一块石头的缝隙。

"钩住了，好极了！乔，扔梯子吧！"猎人迫不及待地吩咐。

话音未落，一声尖叫响彻天际，博士惊呼起来：

"瞧！我们在往前飞呢！乔，脱锚了吗？"

"没有啊！锚还钩着呢。"乔拉了拉锚索说。

正在他们疑惑之际，草丛中出现了一个庞然大物，大家这才看清，是一头大象！原来，气球的锚爪正好牢牢地卡在两颗象牙之间。大象试图用鼻子弄断把它与吊篮连在一起的锚索，然而徒劳。

摆脱不了锚爪，大象急得发疯似的跑起来，扯得吊篮猛地乱晃。博士手里拿着斧子，准备砍断锚索。

大象拖着气球跑了一个半小时，没有丝毫疲惫的样子。这种厚皮的庞然大物很能跑，仿佛一头可以游很远的巨鲸一样。

这时，前面出现了一片茂密的树林。现在必须把气球同它的"司机"分手了。于是，肯尼迪端起了马枪，想击中大象。

第一枪打到了象的颅骨上，可是子弹就像打在钢板上似的给撞扁了。大象没有丝毫反应。

"我再来试试这几粒尖头子弹。"肯尼迪说着，仔细地往马枪里装上子弹，又开了一枪。大象受到了惊吓，发出一声可怕的叫声，但跑得更快了。乔也拿出另一支枪射了出去，两粒子弹同时击中了大象的双肋。

大象停了下来，扬了扬长鼻，接着又飞速向树林跑去。血从它的伤口处慢慢地流了出来。

"继续开枪。"博士说，"我们离树林不到 40 米了！"

又是十几声枪，大象疼得跳了起来，吊篮和气球仿佛散了架似的，发出噼啪的声音。博士手中的斧子也被这一晃，跌落到了地上。

情况危急，锚索解不开，又割不断。就在气球靠近树林时，肯尼迪瞄准大象的眼睛就是一枪。大象终于停下来了，它摇晃一下，跪倒在地。肯尼迪又对准大象的心脏，射出了最后一粒子弹。大象发出了垂死的哀嚎，终于重重地倒了下去。

乔赶忙跑过去查看了一下锚。它仍然牢牢地卡在那颗完好无损的象牙上。气球在大象的躯体上方摇来摆去。

比喻句。形容了大象相对于人类异常庞大和坚强。

垂死：接近死亡。

哀嚎（háo）：悲哀地嚎叫。

"弗格森先生检查'维多利亚号',肯尼迪先生先去打猎,我呢,就趁这段时间来烧菜。"乔说道。

于是,他们各行其是。乔在地上挖了一个两尺深的坑,里面填上枯树枝,坑上堆起了两英尺高的一个柴垛,然后再把火点着。他灵巧地切下一段最细嫩的象鼻,再加上一只象掌,当柴堆烧完后,乔把坑里的灰烬和木炭扒出来。这时,坑里的温度很高。他用芳香的树叶把象鼻和象掌精心包好,放入这个临时烤炉中,埋上热灰。随后,他又堆了一个柴垛,等到这堆柴烧尽后,肉正好烤熟了。

乔从他的烤炉中掏出烧好的晚餐。他把这些香味扑鼻的肉放在绿叶上,又从吊篮里拿来了饼干、烈酒、咖啡,摆到一块优美宜人的草坪中。摆放整齐的盛宴确实让人赏心悦目。

弗格森博士正专心致志地检查气球。"维多利亚号"没有受到暴风骤雨的损害。波纹绸和涂满马来橡胶的球囊经受住了考验,氢气一点儿没少,气球外壳也不透水。检查完后,博士又忙着整理笔记,他把周围原野的景致画成一幅美丽的草图。

两小时后,肯尼迪回来了,带回一串山鹑和一条大羚羊腿。乔又动手添了几道菜。不一会儿,就把晚餐准备好了。

三位旅行家在绿草如茵的草地上坐了下来。象掌和象鼻的确鲜美可口,得到了大家的一致认可。他们照例为英国干了杯。世外桃源的上空第一次散发出了雪茄的香味。

真是一次异常丰富、令人神往的野炊!

这句话令人深思,从非洲人的角度来说,像博士他们这样的旅行家带给这片神奇大陆的究竟是好是坏呢?

肯尼迪吃了很多，他甚至一本正经地向博士建议，就在这森林里面住下来，开创一个非洲鲁滨孙的生活。

原野祥和僻静。博士决定在地上过夜。乔用篝火围了一个大火圈，用来抵御猛兽的袭击。受到大象肉香的吸引，鬣狗、美洲狮、豺一直在附近转来转去。夜里，肯尼迪好几次不得不向这些无礼的来访者开枪。

不管怎么说，这一夜总算过去了。

▌情境赏析▌

旅行者们在美丽的非洲大陆上，时时欣赏到令人心旷神怡的原生态自然风光，非洲之美令人惊叹。不过在章节结尾部分那句关于"雪茄的香味"的话，似乎隐隐显露出作者的一丝担忧。因为被所谓的文明的欧洲人视为英雄的这些非洲探险家们，无疑可以给这片原始大陆带去文明，但以非洲土著的角度来说，这种汹汹而来的文明究竟是好是坏呢？或者说利弊之间比重如何辨别？而一百多年后的今天，却恰恰证明了我们最不希望看到的一种结局：非洲依然贫困，战乱却从未完全止息！

▌名家点评▌

凡尔纳的小说启发了我的思想，使我按一定方向去幻想。

——（俄）齐奥尔科夫斯基

第十七章

旅行者们终于找到了传说中的尼罗河和尼罗河的源头。

第二天，重获自由的"维多利亚号"以每小时 18 英里的速度向东北方飞去。

他们现在距离赤道还有 160 英里。气球经过卡拉瓜山最初的几条支脉。卡拉瓜山脉是月亮山的分支，在古老的传说中它是尼罗河的摇篮。

气球抵达卡夫罗的上空时，乌克雷维湖终于出现在远方的地平线上。多年来，人们曾花费了大量气力和时间寻找它。

弗格森心里非常激动，因为这儿是他的主要考察点之一。他贪婪地举起望远镜仔仔细细地观察着每一个角落，生怕漏掉什么。这里的土地较为贫瘠，很少耕地，大麦田取代了水稻田。地上布满了各种小丘，越靠近湖边地面越平坦。还有一个约有 50 所圆顶茅屋的集镇，茅屋顶覆盖着一种带花的茎杆。该集镇就是卡拉瓜的首府。这里的人都长得相当漂亮，看到气球飞来，棕黄色的脸上露出了惊讶的表情。

中午时分，"维多利亚号"来到了湖的上空，然后向湖的北部飞去。

从高空向下望去，乌克雷维湖的西部十分宽广，犹如大海一般。湖两岸之间的距离相当远，难以建立联系。这里的风暴既凶猛又频繁，横行无忌。

风使得气球变得很难操纵，博士一直担心气球会被吹往东面，好在这时来了一股气流带着气球往北飞去。晚上 6 点钟，"维多利亚号"停在了距离岸边 20 英里的一个荒岛上，方位是南纬 0°30′，东经 32°52′。

旅行家们用锚钩住了一棵树。天色将晚，风也平息了，气球稳稳地停在树的上空。他们根本不可能下到地面去，因为成群结队的蚊子密密地遮住了地面。博士只好把锚索尽可能地放得长些，好躲开令人讨厌的嗡嗡的叫声。

"弗格森，你不睡一会儿吗？"猎人说。

"不睡了。我要想的事太多，不想睡。朋友们，明天如果顺风，我们就笔直往北飞，也许能发现尼罗河源头。"

至于肯尼迪和乔，他们很快沉入了梦乡。

4 月 23 日，星期三，凌晨 4 点钟，"维多利亚号"重新起航了。天还没有亮，浓雾笼罩着湖面，可是很快，一阵急风就把雾吹散了。"维多利亚号"在空中摇摆了几分钟，最后径直向北飞去。

弗格森博士高兴地拍了拍手。

他喊道："朋友们，我们正在穿越赤道！马上就要进入北半球了！我们就快要看到尼罗河了！"

"好极了！主人，我觉得抓紧时间喝点儿酒庆祝一下才合适呢。"乔说。

"这主意妙！去拿杯酒来！"博士笑着回答。

乔拿了酒来，他们就这样在"维多利亚号"上举行了跨越赤道线的仪式。

气球快速地飞着，西边显现出较为平缓的低坡。其实，那就是乌干达和乌索加地势较为隆起的高原。风速越来越大了，几乎达到每小时 30 英里。

几分钟后，来到一个大湖的上空。湖面波涛汹涌，犹如海浪咆哮，溅起朵朵白色浪花。据博士观察，湖水非常深。气球从湖上快速飞过，只隐约看见一两只做工粗糙的独木舟。

"这个湖地势高，显然是非洲东部各大河流的天然源头。"博士说，"这个湖支流的水化为水蒸气，然后水蒸气化为雨水又还给了湖。我觉得，尼罗河的源头应该是它。"

早上9点左右，气球飞近了西岸。那里林木葱茏，荒无人烟。风向又转向了东方，湖的东岸就隐约可见了。湖岸弯度很大，在北纬2°40′的地方形成了一个很大的拐角。湖的尽头耸立着陡峭的山峰。山峰间，有一道蜿蜒幽深的峡谷，其中流淌着一条奔腾的河流。

弗格森博士一边操纵着气球，一边目不转睛地往下看。

"看哪！"他叫道，"朋友们，快看哪！这就是尼罗河！"

"尼罗河！"肯尼迪和乔重复道。

巨大的礁石四散着，时不时地阻碍着这条神秘之河的水流奔腾。水泛起白浪，加快了速度，形成了一个个瀑布。成百上千条激流，从周围的高山上倾泻而下，最后汇入瀑布。分散在地面的无数条细流，相互交错融合，争先恐后地向下流淌，最后全都汇入一条新生大河中。正是汇集了千百条细流，最后才成为一条有名的大河。

"这就是尼罗河。"博士满怀信心地肯定道。

群山分开了，仿佛是给众多的村庄、芝麻田、甜高粱地和甘蔗园腾出地方似的。看到气球飞来，土人们显得很不安，满怀着极大的敌意，就好像旅行家们不是来追溯尼罗河源头的，而是偷他们东西似的。因此，"维多利亚号"只好在火枪射程之外的空中飞行。

"看来，无法在这儿着陆。"猎人说。

"不过，我还是需要降下去，哪怕只有一刻钟。"弗格森博士答道，"否则，我就无法察看我们的探险成果了。"

"真的非降下去不可吗，弗格森？"

"是的，即使不得不动枪，也得降下去！"

"先生，现在开始下降吗？"乔说。

"等一下。我们先上升一些，弄清楚这地方的确切地貌再说。"

不到 10 分钟，"维多利亚号"已经在距地面 2500 尺高的高空中翱翔了。从这里，三位旅行家弄清了这些密密麻麻、纵横交错的小河如何最后汇入了大河中——这些小河大部分是从西方众多山冈之间，从肥沃的原野里流出来的。

"好了，我们现在开始降落。"博士道。

"维多利亚号"降到 100 英尺的高度，沿着巨大的河床向前飘去。在北纬 2°的地方，还有一个河水形成的落差约 10 英尺的瀑布。

"这正是德博诺先生指出的瀑布。"博士说道。

下游，大河变宽了，河里布满了小岛。弗格森贪婪地盯着这些小岛，久久不舍得移开。

几位黑人驾着独木舟在气球下面追赶。肯尼迪见状，朝他们放了一枪，算是给个警告。虽然子弹没有伤到他们，但还是逼得他们尽快地返回了岸边。

"一路平安！"乔戏谑地向他们喊道，"如果我是他们，我可不会拿着性命开玩笑再回来，我会被这个乱喷雷电的怪物吓坏的。"

就在这时，弗格森博士突然抓起望远镜，对准卧在大河中心的一个小岛。

"四棵树！"他大喊一声，"快来看，那边！"

果然，岛的顶端孤零零地立着四棵大树。

"是本加岛！没错，正是它！我们降到那儿去。"他又补充道。

"可是，岛上好像有人住啊，先生！"乔提醒道。

"乔说得对。如果我没弄错的话，那儿聚着二十来个土著人呢。"肯尼迪证实道。

"赶走他们吧。"弗格森博士回答。

“好吧！”猎人说。

看到气球逼近小岛，岛上的居民拼命地大喊大叫，其中一位黑人还向空中挥动着他那用树皮做的帽子。肯尼迪瞄准帽子开了一枪，帽子顿时化为碎片。

黑人们一下子全都慌了神，拔腿向大河跑去，很快游到对岸去了。不久，从河的两岸射来雹子般的子弹和雨点般的利箭。然而，这无法伤害到气球，它的锚早已钩住一块岩石的缝隙。乔顺着锚索溜到地面。

“放绳梯！”博士高喊，“肯尼迪，跟我来！”

“你要干什么？”

“一起下去，我需要你当见证人。”

“好吧，我来了。”

“乔，你要严加警戒。”

博士带领着同伴朝岛顶端突兀的岩石走去。到了那里，他在荆棘中搜索了很久，好像在寻找什么，两只手都被刺得鲜血直流。突然，他一把抓住猎人的手，说：“你瞧！”

“有字！”肯尼迪惊讶得叫了一声。

岩石上清晰地刻着两个字母：A 和 D。

“AD！”弗格森博士口中重复道，“安德里·德博诺！这就是那位旅行家的亲笔签名！他沿着尼罗河往上走得最远。”

“这就是尼罗河！不容置疑。”博士激动地叫道。

博士细心地把这两个珍贵的字母，按大小和形状描了下来。之后，他向这两个字母望了最后一眼，说：“走吧！”

“那就快点儿。你瞧，有几个黑人正准备过河呢。”猎人说。

10 分钟后，气球威风凛凛地向空中升去。博士挂出了英国国旗，以庆祝这次岛上的考察成功。

刚刚飞过传说中的颤抖山，旅行家们又到达了神秘的食人部落。整个旅程充满了新鲜与神奇。

"我们现在往哪个方向飞?"肯尼迪见博士在查看罗盘，便问道。

"西北偏北。"

"见鬼! 这不是往北去呀!"

"不是。肯尼迪，我们到不了刚多科罗了。对此，我也觉得挺可惜的。不过，最终填补了东部探险和北部探险的空白，所以也没什么好不满的了。"

"维多利亚号"渐渐地离尼罗河越来越远。博士的发现与那些科学假说完全一致，尼罗河就是发源于那个像海一样的湖里。

"再向这个不可逾越的地方看最后一眼吧!"博士依依不舍地说，"这片土地连最无畏的旅行家们也未能跨越。"

"前面又有瀑布。"乔说。

"那是玛克多瀑布，在北纬 3°上。"博士回答。

"瞧! 在我们前面! 那儿有一座山峰!"猎人突然喊道。

"那是洛格维克山，就是阿拉伯人说的'颤抖山'。这邻近的部落互为仇敌，他们之间经常进行仇杀。"

风吹着"维多利亚号"向西北方向飞去。

"朋友们,"博士对他的两位同伴说,"我们穿越非洲的旅行现在才真正开始。以前,我们是沿着先辈探险家的足迹前进。现在,我们就要勇敢地进入未知的地区了。大家有没有勇气?"

"有!"肯尼迪和乔异口同声地应道。

这一天,三位旅行家飞过条条细谷、座座森林和疏疏落落的村庄。晚上 10 点来到"颤抖山"的山腰上空。

4 月 23 日是个值得纪念的日子。三位旅行家在一股劲风的吹送下,15 个小时飞行了 315 英里。

然而,大家却一声不响,整个吊篮里一片沉静。每个人都在深深地思念着英国,思念着远方的朋友。只有乔表现出一副无忧无虑、旷达超脱的模样,他认为这一切都是很自然的。

晚上 6 点钟,因为飞越了"颤抖山","维多利亚号"也"腿软"了。气球停了下来。三人吃了顿丰盛的晚餐后就休息了。

第二天醒来后,大家的心情平静了下来。天气很好,风向适合。乔一直在逗大家开心,不久,大家都恢复了以前的欢快。

目前他们经过的地区非常辽阔,甚至与欧洲一样大。出了这块广袤的土地就是月亮山和达尔福尔山。

"我们现在飞越的地方,据说是乌索加王国。一些地理学家曾认为,在非洲中心存在着一个很大的凹地,一个浩瀚的中心湖。我们来看看这种说法是否有几分道理。"

"可是,这种假设是依据什么做出的呢?"肯尼迪问。

"依据阿拉伯人的传说和假设。而且你也看见了,对尼罗河源头的假设,就没弄错嘛。"

"这整个地区都有人居住吗?住的是什么人?"乔问。

"当然有人住了，不过住的可不是普通人。这些分散的部落有个总的名称，叫'尼阿姆—尼阿姆'。这个名字是个拟声词，是当地人嚼东西时，嘴里发出的声音。"

"太有意思了！"乔赞赏道，"尼阿姆—尼阿姆！"

"如果你知道这是什么拟声词，你就不会这样想了。"

"您是说……"

"这些部落的人吃人肉。"

"真的吗？"

"当然是真的。以前，人们还说这些土著人有尾巴，就像动物一样呢。不过，事实上他们屁股上的东西是他们用来遮身的兽皮。"

"有条尾巴赶蚊子用挺不错的嘛。"乔笑了。

"这倒也是。可是，这些应该算是奇谈怪论吧。而且这些人很残暴，非常贪吃人肉，一心想着找人肉吃。"

"他们别一心想着吃我的肉就行。"乔忧心忡忡地说。

"你想哪儿去了！"猎人责备道。

下午，一团热雾笼罩了整个天空。从气球上很难看清楚地面，博士担心会撞上哪座山峰，因此在将近5点时，他决定暂时停止前进。

虽然少不了要提高警惕，但一夜总算平安无事。

第二天早上，刮起了强劲的季风。风拼命往气球下方的空穴里灌，猛烈地摇着气球的附属物。乔敏捷地用绳子把它们拴紧了。

"对我们来说，这非常重要。"弗格森博士说，"首先，我们要避免消耗宝贵的氢气；其次，我们不能留下易燃物。否则，我们会有灾难的。"

"如果真的着了火，我们不能迅速着陆吗？"肯尼迪问。

"迅速着陆？不行！氢气会逐渐燃烧，我们也只能一点点地下降。

以前一个法国女飞行家就遇到过类似的事故，好在她没死。"

　　"上帝保佑。"肯尼迪深有感触地说，"到目前为止，我们的旅行还是挺安全的，而且将来我们也不会有问题的。"

　　"只要我们够谨慎小心，我们就不会有问题的。"

　　"该吃午饭了。"乔说，"今天没有大块儿的野味吃，我们就吃罐头肉、喝咖啡凑合吧。"

非洲有恐怖的战争树，有健壮的雄鹰，还有十分残忍的大屠杀。

风越来越大，风向也摇摆不定。"维多利亚号"也见风使舵，一会儿向北飘，一会儿往南飞，怎么也碰不到稳定的气流。

"我们飞得倒是很快，就是没走出去多少路。"肯尼迪说。

"我们现在的速度至少有每小时 30 法里。"弗格森回答。

"一个村子。"乔说，"快瞧！下面那些黑人的表情多么惊讶！"

"这很正常。"博士答道，"过去，法国的农民第一次看见气球时，都把气球当成空中怪物。因此，现在苏丹的黑人也是一样。"

"那是！"乔附和道，接着又提议，"主人，在村子上空 100 英尺高时，我可不可以扔个空瓶子给他们。如果完好无缺，他们一定会把瓶子供奉起来；如果碎了，他们也会把碎片捡起当护身符的！"

见风使舵(duò)：也说看风使舵。通常人们都用这个词的引申义，比喻跟着情势转变方向，含贬义。而在这里，恰恰用的是这个词很少被用到的本来意义，形容气球像船根据风向操纵舵杆前进一样飞行。

乔在旅行途中时时能自得其乐地找些乐子。

说话间，乔扔下一个瓶子，瓶子立刻摔得粉碎。土著人吓得大叫起来，扭头往他们的圆茅屋里逃去。

离开村子不久，肯尼迪突然叫了一声：

"你们快看！这棵树太奇怪了！上半截和下半截完全是两种树。"

博士总是能娴熟运用专业知识将看似奇怪的事情给以合理解释。

"这只是一棵很普通的无花果树。"博士解释说，"树干上面落了点儿肥土，不知哪天，风把一粒棕榈树种子带到了上面，而这粒种子就像是在土地里一样，发芽生长起来了。"

"这个办法倒妙！"乔颇有兴趣地说，"我一定记着带回英国去，最好能把它展示在伦敦的公园里。"

"维多利亚号"这时必须升高了，因为前面要飞过一片大树林。林中全是300多英尺高的上百年老菩提树。

"弗格森，你快看。好高的树！"肯尼迪又嚷了起来。

这里显示了作者知识的广博。根据450英尺这个数字，大家可以查找相关资料和数据，换算一下，它相当于多少米，又相当于我们居住的普通住宅楼多少层的高度？结果一定会令你惊叹吧？惊叹大自然的神奇。

"亲爱的肯尼迪，这些菩提树确实很高。不过，如果在美洲新大陆的森林中，这么高的树就不值得大惊小怪了。"

"还有比这更高的树？"

"当然有啦。有一种'巨人树'，其中不少就比这片树高。还有，在加利福尼亚，就有一棵高450英尺的雪松。"

在博士和肯尼迪说话间，树林已经过去了。一个大居民中心出现在大家的眼前。一座座茅屋排成环状，中间有一个广场，广场的中间孤零零地长着一棵树。树干的周围被一堆人骨遮住了，还挂着刚砍下不久的人头。

"食人族的黑人管这叫'战争树'！"博士说，"印第安人是剥头皮，非洲人却要整个儿头。"

说话间，这个挂着血淋淋头颅的村子已经渐渐消失了。但是，前边又出现了另一种令人恶心的场面：腐烂的尸体，尘埃中的骷髅，散落的四肢。它们都被遗留在那儿成了鬣狗和豹的食物。

"这些应该是罪犯的尸体。这儿的人一般喜欢把罪犯扔到荒郊野外喂野兽。"

"和绞刑一样残忍，"苏格兰人说，"只是这儿更脏罢了。"

"在非洲南部，会把一家人关在茅屋里，一起烧掉。"博士接着说，"我认为这么做才残忍呢。不过，虽然绞刑不那么残忍，但也是很野蛮的。"

乔用他那超乎常人的视力看到成群的猛禽正在空中翱翔。

"鹰。"肯尼迪拿望远镜辨认以后，说道，"这些鸟，飞得和我们一样快呢。"

"上帝保佑，它们千万别攻击我们！"博士说。

"有这么可怕？放几枪就能把它们赶走。"猎人说。

"别开枪！亲爱的肯尼迪，千万别招惹它们。我们气球上的波纹绸可经不起它们的嘴啄一下。"

"我倒有个主意。"乔突然说，"我想，如果我们能活捉几只鹰，再把它们系在吊篮上，这样它们就可以拉着我们在空中飞了！"

"这个方法倒真有人提过，"博士答道，"可是，这种鸟生性倔强，它们是不会干这种事的。"

"可以训练它们啊。"乔又说。

乔的想法真是令人佩服,他总是能时不时这么"天马行空"一下！

"可爱的乔，比起驱使你那长翅膀的鹰来，我还是愿意利用顺风，因为这么做便宜、牢靠，而且不用喂食。"

中午时分，"维多利亚号"的速度慢了下来。大地已不是在气球下面飞跑，而只是走了。

突然，传来了阵阵厮杀的声音。三人俯身往下看，他们看到了一场惊心动魄的大搏杀。

惊心动魄：形容使人感受很深，震动很大。

两个部落的人舞刀动斧，激战正酣；箭如雨点般飞来飞去，武士们个个杀红了眼。大约有 300 人参加了这次战斗，大多数人已是鲜血淋淋，时时可以听到伤者的哀嚎。整个场面十分可怕。

后来，他们看到了"维多利亚号"，双方的残杀顿时停了下来。不过，最初的震惊过后，嚎叫声更响了。一些箭开始向吊篮射来，有一支飞得非常近，被乔一把就抓住了。

"我们赶紧升到箭射不到的地方去！"弗格森博士连忙吩咐，"我们可不能冒险。"

非洲有美丽，也有血腥、残忍的同类相残！

气球离去后，屠杀又开始了。斧子连连劈下，标枪根根投出，只要敌人一倒地，对手就扑过去割下他的头颅。一些女人也参加了这场战斗，她们夹杂在战士中，收集着血淋淋的人头。

"真不是人！"乔说，"如果给他们穿上军装，就和当兵的没什么区别了。"

"真恨不能阻止这场残杀。"猎人挥动着马枪，愤愤地说。

"千万别干涉！"博士急忙制止，"我们千万别搅和进去！你知道他们谁对谁错？我们尽快离开吧！如果那些大军事家能这样看看他们建功立业的场面，或许他们最终会厌恶战争。"

野蛮的人中有位酋长，身材魁梧，力大无穷，格外引人注目。他一只手持矛，不断刺向敌人，另一只手挥斧，在人群中砍来砍去，所向披靡。他扑向一位伤者，一斧子劈下那人的胳膊，随后伸手抓住胳膊，张开大嘴，津津有味地啃了起来。

所向披靡(mǐ)：比喻力量所到之处，一切障碍全被扫除。

"啊！万恶的人类！"肯尼迪被震惊了，"我再也看不下去了！"

人有时候真是比恶狼猛虎还残忍、可怕！至少野兽们不会吃同类！

说完，肯尼迪举枪就射。子弹击中了酋长的头部，他仰面倒在了地上。

这时，他的战士们惊呆了。酋长的死亡使他们惊骇万分，不知所措。而他们的敌人却深受鼓舞，勇气倍增。转眼间，战场的形势发生了逆转。酋长的士兵们顿时死伤过半，剩下的立即溃逃了。

溃(kuì)逃：被打垮而逃跑。

胜利者们急急忙忙地扑到死伤者身上，贪婪地吞食着人肉，那些人甚至还留有余温。

乔厌恶地说："太恶心了！"

"我们找一个高点儿的气流，赶紧离开吧。"博士说，"这一切实在太讨厌了。"

"维多利亚号"一边膨胀，一边上升。风把气球往南吹去，他们终于离开了这个相互残食的场面。

夜幕来临。这一天，气球飞了150英里。

"维多利亚号"在东经27°，北纬4°20′的地方抛下了锚。

第二十章

一位法国人被土著人抓住了，三位旅行家冒着生命危险救起了落难的同胞。

夜很黑，博士不能确认他们在什么地方。

天上乌云密布，但空气中没有一丝风。气球停在一棵大树的上空，黑暗中只能依稀看到一个模糊的树团。

午夜时，肯尼迪代替博士值班。他倚着吊篮，看着冒着火焰的氢氧喷嘴，打量着寂静的夜空。他忐忑不安地观察着，预感到好像有什么事要发生。忽然，他看到几丝闪烁的光亮，但只闪了一下，就消失了。他以为是在黑暗中待久了，眼睛产生了错觉。就在这时，突然传来了一声尖锐的呼啸声。

"什么声音？是野兽的叫声，夜鸟的啼声，还是人的声音？"

肯尼迪明白情况十分严重，准备叫醒同伴，转而一想，还是先等等再说。他检查了一遍身边的武器，又警惕地观察起附近的动静。隐隐约约，他看见有几个模糊的黑影正向他们这棵大树悄悄逼近。

他立即想起了碰到狒狒的事，便转过身叫醒了博士和乔。

"又是猴子？"乔半信半疑。

"有可能。不管是什么，我们都必须小心。"

"我和乔顺着绳梯下到树上等着。"肯尼迪说。

"好的。我来准备，气球随时可以飞起来。注意，不到万不得已，千万别开枪。"博士又说。

肯尼迪和乔同时点头。他们无声无息地沿着绳梯下到树上，分别占据了有利的位置，一动不动地隐藏在茂密的树叶中。这时，响起某种东西摩擦树皮的沙沙声。

乔紧张地说："您听见了没有？"

"听见了。有什么东西在靠近。"

"会不会是条蟒蛇？"

"不会！倒像是人。"

"我宁愿是野人。蛇让我头皮发麻。"乔自言自语地说。

"声响越来越大了。"肯尼迪低低地说。

"是的！有人在往上爬。"

"你守着这边，我负责另一边。"

目光敏锐的乔认清了来人，他小声对肯尼迪说："是黑人。"

低低的交谈声只有这两位旅行家自己能听见。乔端起了枪。

"等一下。"肯尼迪说。

野人们一个个像蛇一样往树上爬，他们从四面八方拥来。尽管小心翼翼，动作隐蔽，然而他们身上那股恶臭的油脂味，仍使他们暴露了。这时，有两个野人的脑袋露出来了。

"开枪！乔。"肯尼迪吩咐。

寂静的黑夜里响起两声炸雷般的枪响。紧接着，有人发出了痛苦的哀叫。眨眼间，所有的黑人全不见了。

在这哀嚎中，突然响起了一种奇怪的呼喊声。不可思议的是有个人在用法语高喊："救命啊！救命啊！"

肯尼迪和乔惊呆了，他们立即爬回吊篮。博士问："你们听见了吗？看来有位法国人落到了这些野蛮人手中。"

"旅行家吗？"

"也许是传教士。"

"真不幸。"猎人叫了一声，"他们肯定会杀死他的！"

博士也激动地说："一定是一位无辜的法国人，落到了这些野蛮人的手中。不把他救出来，我们决不离开这里。"

"弗格森，我们随时听候你的吩咐。"

"不过，我们必须等到天亮再行动，而且我们还要根据地形考虑营救计划。"

这时，呼救声又响了起来，但声音已经微弱了些。

"这些野蛮人！"乔心急如焚地叫道，"他们会不会今天晚上就把他杀了？"

"不会的，朋友们。据我所知，野蛮部落一般都是在白天里杀他们的囚犯，因为，他们需要太阳！"

"要不我利用黑夜偷偷地靠近那个人，怎么样？"

"我陪你去，肯尼迪先生！"

"得了，得了，朋友们！我知道你们勇敢无畏，说到做到。但是这太危险了，而且，还会使我们想救的人受到更大的伤害。"

"可是那个法国人，太可怜了！他正等着我们去救他呢！他一定以为自己产生了错觉，以为什么也没听见……"

这时，弗格森把手合成喇叭状，放到嘴边，用法语高声喊道：

"不管您是谁，不要绝望！有三位朋友在关心您呢！"

一片可怕的喊叫声答复了博士的喊话。那位可怜人的声音被黑人的声音掩盖住了。

"他们在杀他祭神。他们要杀死他啦！我们必须马上动手！"肯尼迪叫道。

"天这么黑，你打算怎么干？"

"该死！要是天亮了该多好！"乔懊丧地说。

"如果天亮了，你又打算怎么做？"博士奇怪地问。

肯尼迪回答说："简单！开枪把这些恶棍赶跑不就完了。"

"你呢，乔？"弗格森又问乔。

"我嘛，我会设法通知法国人，告诉他往哪个方向逃。"

"朋友们，你们的办法都行不通。对这位要逃命的人来说，最大的困难是使那些要杀他的人放松警惕，否则他是逃不出来的；就算逃出来了，也可能被杀死。至于你，亲爱的肯尼迪，你想利用枪来救人。你的计划或许能成功，可是如果失败了，连你也完了。"

博士沉默了一会儿，似乎在思考什么。两位同伴都激动地望着他，大气都不敢出。

不大一会儿，弗格森开口了："我的计划是这样的：我们有 200 斤压载物。我想，这位俘虏肯定被折磨得骨瘦如柴了。带上他后，要想上升得快些，我们需要扔掉 60 斤左右的压载物。现在，我们动手吧。把沙袋摆到吊篮边上，要能一下子扔下去。"

"可是天这么黑，怎么办？"

"黑暗正好可以为我们做掩护。注意准备好枪！我们的马枪放 1 枪，两只猎枪放 4 枪，两只手枪放 12 枪，总共 17 枪。就是说，我们可以在 15 秒内打出去 17 枪。准备好了吗？"

"准备好了。"乔回答。

"很好。"博士说，"乔，你负责扔沙袋；肯尼迪，你来救人。乔，你先下去把锚取下来，然后马上回到吊篮来。注意听我的命令。"

锚索被取下来了，气球仍然悬在空中，几乎一动不动。

博士仔细检查了混合箱里是不是还有足够的氢气。之后，他把两根分解水用的导线从水箱中拉出来，接着又从旅行包中掏出两截尖头碳棒，分别接在每根导线的顶端。博士做这一切时，两位朋友虽然迷惑不解，但是什么话也没说。博士做好布置后，两只手各拿起一根碳棒，把它们的顶端往一起一碰。

突然，在两根碳棒之间，闪出了一道强烈耀眼的光芒。顿时，一束巨大的电光划破黑暗的夜空，同时，枪声紧密鸣响。

只见弗格森将手中的亮光照向四周，最后停在了惊叫声发出的地方。乔和肯尼迪也把目光热切地投向了那里。

"维多利亚号"一动不动地悬在一棵猴面包树上。从气球上，可以清晰地看见许多乱哄哄的土人。差不多就在气球100步的地上，竖着一根木桩，木桩边跪着一个人。这个人30岁左右，满头长长的黑发，半裸着身子，骨瘦如柴，遍体鳞伤，头垂到胸前，好像被钉在十字架上的耶稣。他头顶上的头发短短的，应该是受过剃发礼。

"是位传教士！牧师！"乔嚷道。

"可怜的人！"猎人同情地叫道。

"肯尼迪，我们一定要把他救出来！"博士坚定地说。

气球悬在半空中，像一颗拖着闪光尾巴的大彗星。黑人们看到后吓得魂飞胆丧。法国人也抬起了头，看到眼前的情景，眼睛顿时一亮。尽管他也不明白发生了什么事，仍然向他意外的救星伸出了双手。

"他还活着！还活着！"弗格森欣喜地喊道，"谢天谢地！这些野人现在被吓得呆住了！我们快去救他！朋友们，准备好了吗？"

一股若有若无的微风，把"维多利亚号"带到了囚犯的上空。与此同时，随着氢气的冷缩，气球也缓缓下降。弗格森将手中那束夺目的强光对着人群扫来扫去。黑人由于恐惧纷纷溜回了自己的茅屋。

吊篮接近地面了。这时，几位胆大的黑人看到他们的俘虏要逃掉，立即大声喊叫着返了回来。肯尼迪抓起枪，但被博士阻止了。

跪在地上的传教士，甚至都没有被绑在木桩上，因为他已经奄奄一息，连站起来的力气都没有了。当吊篮即将触地时，猎人拦腰抱起牧师，连拖带拉，把他弄进吊篮。与此同时，乔迅速地把 60 斤重的压载物扔了出去。

博士原以为气球会很快升起来。可是，出乎意料的是，气球上升了三四尺后，就停住不动了！

"哎呀！"乔往下一瞧，不禁大叫起来，"有个黑人抓住了吊篮！"

"肯尼迪，肯尼迪！"博士喊道，"水箱！"

肯尼迪立即搬起一个 100 多斤重的水箱，一下子推出了吊篮。"维多利亚号"减轻了负重，猛地往上升了 300 英尺。

看着气球带走了他们的俘虏，土人十分愤怒，发出了一阵阵狂暴的咆哮。传教士终于被救出来了。

"万岁！"博士的两位伙伴兴奋地又喊又叫。

突然，气球又往上蹿到了 1000 多英尺的高空。

"出什么事了！"肯尼迪惊讶地问。气球的这个意外，险些使他们失去平衡。

"没什么！是那个黑人掉下去了。"弗格森平静地回答道。

博士把两根导线分开，周围立刻一片漆黑。这时正是半夜一点钟。

昏迷的法国人终于睁开了双眼。

"您得救了。"博士告诉他。

"得救了？从痛苦的死亡中得救了！"他用英语重复了一遍，脸上露出凄惨的微笑，"兄弟们，谢谢你们。我只是活多久算多久，我的时日已经不多了。"

传教士说完话，已极度不支，又昏了过去。

他们把他轻轻地放到铺盖上。传教士遍体鳞伤，刀口还在淌血，全身仅仅被烧伤和烙伤的地方就有 20 余处。博士像医生一样，为他洗净了创口，然后把手帕撕成条，轻轻敷在伤处。包扎完毕，博士取出一瓶强心剂，往牧师嘴里滴了几滴。

牧师艰难地张了张嘴，有气无力地说了句"谢谢"。

天刚蒙蒙亮，一股气流轻轻吹着"维多利亚号"向西北偏北方向飘去。

飞行中，弗格森博士还去探望了传教士。

"我们能救活他吗？他可是上帝派给我们的呀！"猎人问道。

"能，肯尼迪。有我们的细心照料，又有如此纯净的空气，他会活下来的。"

傍晚时分，"维多利亚号"停了下来，在黑暗中度过了一夜。第二天一早，"维多利亚号"微微向西偏航。这一天，晴空万里，是个好天气。病人已经能够大点儿声与他的新朋友讲话了。

"您感觉怎样？"弗格森博士问他。

"好点儿了。"他答道，"我的朋友，真不敢相信！我还一直以为是在梦中见到的你们。到现在，我还都不知道到底发生了什么事。你们是谁？我要为你们祈祷。"

"我们是英国旅行家。"弗格森答道，"我们正尝试乘气球穿越非洲大陆。我们路过那儿的时候，有幸救了您。"

"科学界有科学界的英雄啊。"传教士说。

"宗教界也有宗教界的殉道者啊！"苏格兰人应了一句。

"您是传教士？"博士问。

"我是天主教遣使会传道团的牧师。上帝派你们来救我，感谢上帝！你们刚刚从欧洲来，就请给我讲讲欧洲，讲讲法国吧！我已经5年没有得到法国的任何消息了。"

弗格森满足了传教士的愿望，给他讲了半天有关法国的事。教士贪婪地听着，热泪夺眶而出。他用滚烫的手一会儿抓住肯尼迪的手，一会儿又握着乔的手。博士给他煮了几杯热茶，他高兴地喝了下去。他已经恢复了点儿气力，微微抬起身子，看到自己正在湛蓝的天空中飞行，欣慰地笑了。

"你们真是一群无畏的旅行家！"他赞叹道，"你们勇敢的事业一定会成功的！"

不一会儿，牧师又变得虚弱不堪，他重新躺了下来，如同死人一般一动不动。弗格森博士守候在他身旁，脸上流露出不安的神色。后来，病人在他的怀抱中苏醒过来。年轻的传教士向博士等人讲起了自己的经历。

他是法国莫尔比昂省中部布列塔尼地区的阿拉东村人。初期受的教育使他选择了传教士的职业。20 岁时，他离开祖国，来到了不友好的非洲海岸。他克服艰难险阻，一路边走边布道，最后到了居住在上尼罗河支流的这些部落里。两年中，他的传教一直不为人接受，他的虔诚不为人理解，他的博爱被歪曲。后来，他成了非洲一个最残暴的部落的俘虏，受到了百般虐待。可是，他仍继续教诲、传道和祷告。后来机缘巧合，他逃了出来。在上帝的感念下，在两年时间里，他走遍了这些野蛮的地区。最近一年来，他待在一个名叫"巴拉夫利"的尼阿姆—尼阿姆人的部落里。就在前几天，部落的酋长死了，他被当成了罪魁祸首。部落的人决定把他杀了当祭品。在气球到来之前，他已经受了整整 40 个小时的酷刑。在中午太阳当顶时，他就要被杀死了；然而博士他们却救了他。

"我死而无憾，"他补充说，"因为我的生命是属于上帝的！"

"您别绝望，"博士安慰他，"我们能把您从刽子手中救出来，也能把您从死神手中救出来！"

"我不向上帝祈求更多了！"牧师认命地说，"感谢上帝！在我临死前，给了我这份快乐。"

传教士又一次衰弱下去。传教士就这样一会儿清醒一会儿昏迷。三位旅行家也随之一会儿觉得有希望，一会儿担心他死去。肯尼迪非常懊丧，而乔也悄悄地抹眼泪。

"维多利亚号"移动得非常慢，风好像也在痛惜这位可怜的人，想让他死前得到安宁。

傍晚，西方有一片火花，天空就像着了火。原来是一座活火山。3个小时后，"维多利亚号"飞到了火山的上面。气球前方的下面，一个火光熊熊的火山口正流着红彤彤的熔岩流，岩石块被高高喷起，条条火流垂下山口，仿佛瀑布一般，令人看了赞叹不已。

气球没法绕过这个火障，只得飞越过去。于是，氢氧喷嘴的火头被开到了最大，"维多利亚号"升到了6000英尺的高空，与火山相隔300多米。

垂死的传教士躺在那儿，正好看到了喷发出千万道耀眼火光的火山口，耳边还伴随着隆隆响声。

"多美啊!"他赞叹道，"神的力量无处不在!"

炽热的熔岩流给山坡披上了一层火地毯。黑夜里，火映得气球的下部红彤彤的。

大约晚上10点的时候，火山变成了地平线上的一个红色小点了。

"维多利亚号"降低了高度，继续平静地旅行。

> 乔兴奋地搬了很多金矿石放到吊篮里，气球差一点儿升不起来。

美好的夜晚来临了，传教士安详地昏睡着。

"他再也醒不过来了！"乔心痛地叫道，"可怜的年轻人！还不到 30 岁呢！"

"他将在我们身边去世了！"博士绝望地叹息着。

"那些混账！"乔愤愤地叫道。

"乔，上帝为他安排了一个这么美好的夜晚。死对于他来说只是安详的睡眠。"博士轻声说道。

病人断断续续地说了几句话，博士马上凑过去，原来是要求透透气。帘子被掀开，他轻轻地吸了几口新鲜的空气。满天的星星闪烁着耀眼的光芒向他致敬，月亮用皎洁的光辉给他裹上白寿衣。

"朋友们，"他气息奄奄地说，"我要走了。上帝会保佑你们的！死神已经来了。我知道他在这儿，让我正视死神吧！死亡是终结，也是开始。请扶我跪下，兄弟们！"

肯尼迪搀着他起来，看到传教士瘫软无力地跪倒在地上，他的心痛了。

"上帝啊！"垂死的传教者喊道，"宽恕我吧！"

他两眼充满了喜悦，最后做了个手势，为他仅仅相识一日的朋友们祝福，接着，他倒在了肯尼迪的怀中，死去了。在这个拥有最恬静月光的夜晚，他踏上了天堂之路。犹如圣母升天一样，他仿佛获得了新生。

"他用鲜血浇灌了非洲这块土地，明天一早，我们就把他埋葬在这块大地上吧。"博士说。

下半夜，他们一句话也没说，每个人都在流泪。博士、肯尼迪和乔三人轮流为死者守护。

第二天，刮起了南风。"维多利亚号"在一片辽阔的高原上空缓慢地前行。这里，干涸的山峦上，层层叠叠的岩石，遍地撒落的砾石和微微泛白的泥灰岩石……所有这一切证实了这里是一片不毛之地。

中午时分，为了埋葬牧师的尸体，气球在一片原始形态的火成岩地带降落了。四周的高山是很好的屏障，可以使吊篮直接落到地上，由于没有树，气球无法抛下锚。博士只有放掉一部分氢气，"维多利亚号"终于平平稳稳地着陆了。

为了填补气球缺少的负重，乔往吊篮里装了500多斤石头。乔捡的石块都特别重，竟然是石英和斑岩石。

正午的太阳非常灼热，尽管很难受，肯尼迪和乔仍旧坚持收拾出一块好地方。然后挖了一个很深的坑，这样野兽就不能把尸体刨出来了。他们把传教士的遗体毕恭毕敬地放入穴中。土填了进去，上面还铺了几块大点儿的岩石，使模样像座墓。

一切完毕后，肯尼迪和乔发现博士仍一动不动地站在那儿，仿佛陷入了遐思。他甚至没有听见朋友的召唤声。

"弗格森，你在想什么？"肯尼迪问他。

"我在想大自然中的巧合实在太神奇了。你们知道这个可怜的好心人被埋在了什么地方吗？这个牧师，他发誓过苦日子，现在却躺在一座金矿里!"

"金矿!"肯尼迪和乔异口同声地惊呼起来。

"是的,金矿。"博士沉静地答道,"你们在脚下踩来踩去的石块,其实是纯度很高的金矿石。"

"这不可能!不可能!"乔反复地说。

"你们在这些岩石缝中找找,肯定可以找到天然的金块。"

乔听后,立即发疯般地扑向那些散乱的碎石。肯尼迪也跟上去端详了一番。

"冷静点儿吧,亲爱的乔。我们要了也没用。"主人对他说。

"先生,您说得倒容易。要我放弃这些财富吗?它可完完全全属于我们啊!难道全都扔了不要?"

"我们也没办法带走啊?"

"我们用这些金矿石做压载物吧!"乔被逼得忍痛割爱,只好这么说。

"唔,这倒可以,我同意。"弗格森答应道,"可是,当我们需要扔掉这些价值连城的石头时,你可别哭丧着脸。"

听后,乔精神百倍地动起手来,一会儿工夫,吊篮里就堆了近千斤的石英碎块。别看它们表面粗糙,里面包藏的可是金子啊!

乔认为这么多的金子能使自己的同胞幸福,并决定回到英国后,就把这件事告诉他们。此后博士又测量了所在的高地。他发现,如果以传教士墓地的矿藏做基准点,他们现在的方位是东经22°23′,北纬4°55′。

之后,博士朝安葬着那位可怜的法国人的坟包瞧了最后一眼,转身走回吊篮。

弗格森现在非常忧虑,他们快没水了。救传教士时,不得已扔掉了一箱水,他想补上,但在这片干涸的土地上,根本不可能办得到。

再加上必须不断地供应氢氧喷嘴用，喝的水已开始短缺。最后他打定主意，不放过任何可以补充储备水的机会。

回到吊篮前，他发现吊篮已被贪心的乔塞满了石头。他一言不发地上了吊篮，肯尼迪也到他习惯待的位置坐了下来。乔跟着他们俩最后爬进了吊篮，眼睛贪婪地望着谷里的财富。

博士点着氢氧喷嘴，氢气逐渐膨胀起来。可是，气球没动地方。乔提心吊胆地看着气球膨胀，没有吭声。

"乔！"博士说了一声。

乔没有应答。

"乔，你没听到我的话吗？"

乔打了个手势，表示听见了，但不明白到底是什么意思。

"如果你把这矿石扔到地上一些，我会高兴的。"弗格森说。

"可是，先生，您曾答应过我……"

"你真想要我们一辈子待在这里吗？"

乔拿起一块最小的石头，两只手掂来掂去，又往上抛了抛，最后一咬牙，扔了出去。

"维多利亚号"仍然纹丝不动。肯尼迪笑了。乔又扔了 10 斤左右，气球还是一动不动，乔的脸色变得苍白。

"可怜的孩子，"弗格森博士说，"我们共重 400 斤左右。乔，我们要想离开，就必须扔掉至少重量相等的石头。"

"400 斤！"乔可怜巴巴地叫了起来。

满脸愁容的乔深深叹了几口气，开始往吊篮外扔石头。他不时地停下来，问："能升起了吗？"

"不行。"博士总是一成不变地回答。

于是，乔绝望地又拿起一块石头，扔出了吊篮。"维多利亚号"很快向上升了 100 英尺左右。在氢氧喷嘴的帮助下，气球很快超过了四周山峰的高度。

　　"乔，你现在还留有一笔不小的财产。"博士说，"如果能够一直保存到旅行结束的话，你的下半辈子会很富有的。"

　　乔不做任何回答，蔫不唧地躺在他的矿石上。

　　"亲爱的肯尼迪，你瞧，"博士接着说，"黄金甚至能把这个世界上最优秀的小伙子搞成这样。要是人们知道了这么一个金矿，那会产生多少罪孽啊！这太让人痛心了。"

　　到晚上，"维多利亚号"向西前进了 90 英里。这时桑给巴尔与气球的距离大概是 1400 英里。

第二十二章

博士他们的水就快用完了，却找不到可以补充的水源，而前面就是茫茫的撒哈拉沙漠。

"维多利亚号"的锚钩住了一棵孤零零的树，安详地度过了一夜。旅行家们正好需要好好休息一下，前几天的感情波动让他们无比悲伤。

早上，天空一片明净，大地炙热难熬。气球升到了空中，博士好不容易才找到一股微弱的气流，气球缓缓地向西北方向飘去。

"我们不能再往前飞了。"博士说，"在这10天中，我们差不多已经完成了一半的旅程。可是，照我们现在的速度，至少还需要几个月的时间才能完成剩下的旅行。更伤脑筋的是，我们就要没水了。"

"我们一定能找到水的。"肯尼迪答道，"在这个辽阔的地区，不可能遇不上一条河流、小溪或水塘的。"

但是，博士并没回答。此时，他想着茫茫无际的撒哈拉沙漠，正暗自恐惧着。他很少说话，只是万分留神着地面上每一个哪怕是最小的洼地。

这种忧虑和最近几天发生的事显然改变了三位旅行家的情绪。他们的话少了，各想各的心事。

非洲这一带的地貌，也确实让人看了心生不安。地面越来越荒凉，不仅没有村庄，连零零落落的茅屋也没有。几乎没有草木，勉强存活的几株也枯萎无神。地面开始出现灰白的沙子和火红的石头。这些干旱的征兆加重了弗格森博士的心事。

不过，他们已无法后退，只能前进。博士没有什么更好的要求，只希望来场风暴把他们带出这个地方。可是，天上一丝云彩也没有！一天就要过去了，而"维多利亚号"只飞了不到 30 英里。

要是不缺水，那就什么都不在乎了。但水总共只剩下 3 加仑了！弗格森从中分出 1 加仑水用来解渴，剩下的两加仑水留给氢氧喷嘴用。但是这些水只能制造出 480 立方尺的气体，氢氧喷嘴的气体消耗大约每小时 9 立方尺。这样算来，气球只能飞行 54 小时。

博士对同伴们说："我们晚上就不飞了，因为天黑看不清，万一错过了小河、泉水或水洼的话，剩下的水只够我们飞三天半。朋友们，在这段时间里，我们必须不惜一切代价找到水。"

晚饭时，用水被严格控制，每人只分得一份，不过白酒倒可以放开喝。可是，对于这种饮料得小心点儿，因为它会让人更加口渴。

吊篮在一片辽阔的高原上过了一夜。说是高原，可海拔高度几乎不到 800 英尺。这种状况使博士有了几分希望。它使博士想到地理学家曾推测说，在非洲中部，有一个面积很大的水域。

早上 5 点，博士发出启程的信号，然而在沉闷的空气中，"维多利亚号"好半天没动地方。博士本可以把气球升到上面的气层中，以避开这个炙热的地方。但是这需要耗掉大量的水，因此现在这是不可能的。一股微弱的气流使气球缓缓向西方飘去。

中饭时，大家吃了一点儿干肉和干肉饼。将近一个上午的时间，"维多利亚号"没有飞出几英里的路。

"太热了！"乔擦着额头上滚着的汗珠，恨恨地说。

"如果有水的话，热还能帮我们一些忙呢。它能使气球里的氢气膨胀，氢氧喷嘴的火头会因此小好多。如果不是水快用光了，我们也就用不着节省了。唉！可恶的野人，让我们损失了一箱珍贵的水！"

"弗格森，你后悔了吗？"

"当然不后悔，肯尼迪。既然我们能使那位不幸的传教士逃脱可怕的死亡，还有什么可后悔的！不过那箱水，毕竟对我们很重要，有了它，我们肯定能飞出这片沙漠。"

"我们的旅行起码完成一半了吧？"乔问。

"从距离上看，是走了一半；可是，从时间上看，如果风不帮忙的话，还不到一半呢。"

"加油，先生！我们一定能找到水。"乔接着说，"我们不应该抱怨。到目前为止，我们干得一直相当不错嘛。"

这时，地势一点点低下去，起伏不定的金矿山逐渐在平原上消失了。疏疏落落的荒草代替了树木，山巅上滚落下的大块岩石摔成了有棱有角的小石块。不久，它们就会变成粗沙，最后化为细如粉芥的尘埃。

傍晚时分，博士发现"维多利亚号"只飞了不到 20 英里。太阳从轮廓分明的地平线上一落下，干燥炎热的黑暗立刻包围了气球。

第二天是 5 月 1 日，星期四。日子过得枯燥乏味，令人发愁。白天，阳光总是火辣辣地直射大地；夜晚，分散的热量被淹没在漆黑的夜色中，几乎感觉不到一丝热度。

弗格森博士没有气馁，他仍保持着那份久经锻炼的沉着和冷静。他手持望远镜，仔细搜索着地平线上的每一个点。当他发现丘陵和植物完全消失，一望无际的大沙漠展现在眼前的时候，他失望了。

压在他心头上的责任感使他极为不安。他凭借友情和义务的力量把肯尼迪和乔大老远地带到这儿来。可是这似乎是一条走不通的路，他不知道自己是不是做对了。在良心的驱使下，他决定开诚布公地和他的两位同伴谈谈。他给他们讲清了眼前面临的困境，他说大伙儿可以回去，至少可以试着回去，到底应该怎么做，他需要他们两个人的意见。

"我没有其他意见，主人的意见就是我的意见。"乔回答，"你去哪儿，我就去哪儿。"

"你呢，肯尼迪？"

"我嘛，亲爱的弗格森。没有人比我更清楚这项事业是多么危险了。我的身心全交付给你了。在目前的情况下，我的意见是我们应该坚持到底，继续前进，决不后退，我们相信你。"

"亲爱的朋友们，谢谢你们。"博士十分动情地说，"我一直依赖于你们的忠诚，可是，我还是需要听到这些鼓励的话。"

于是他们彼此热情地握住了手。

"听我说，"弗格森又开口了，"根据我的测算，我们距离几内亚湾不到 300 英里。既然岸边有人居住，而且直到内陆很远都被人考察过，这块沙漠就不会是无边无际。如果有必要，我们就向几内亚湾岸边飞去。再说，我们不可能遇不上一块绿洲或水井的。"

"那我们就听天由命吧。"猎人说。

然而绿洲一直没有出现。太阳西沉时，夕阳的余晖拖着长长的火红尾巴，在这片辽阔的平原上越拉越长。这里是地地道道的沙漠。

这天，气球只飞了不到 15 英里。氢氧喷嘴却消耗了 135 立方尺的气，解渴用掉了 2 品脱水。

夜，静静地。太静了！博士一夜没睡。

第二十三章

水危机（二）

旅行者们依然极度缺水。他们两次以为就要得救了，然而最后只能是极度地失望。

第二天，天空依旧晴朗，气流还是纹丝不动。"维多利亚号"在 500 英尺的高空中缓缓向西方飘去，他们已经到了撒哈拉沙漠的中心。

博士说："瞧瞧这一望无际的沙漠吧！大自然多么神奇啊！同样的纬度，同样的阳光，那边绿草如茵，树木丛生，这边却黄沙连连，寸草不长。"

"这种情况不会长久的。"乔说，"我好像看到东边有云彩。"

肯尼迪说："我们能不能抓住这几块云？它们会不会给我们送来我们需要的风和雨呢？"

的确，地平线上空慢慢升起一块厚厚的、清晰可见的云带。云块看上去颜色发暗，而且仿佛在逐渐膨胀。其实，这块云团在早上 8 点钟左右就出现了，只是到 11 点才遮住了太阳。就在云团的下沿离开地平线的一刹那间，那儿变得一片明亮。

"只是一块孤单的云。"博士说，"不要对它期望太高。"

"你说得对，弗格森。那边既没下雨，也没刮风。但是既然它不愿意散开，我们就飞过去弄个明白。"

"我认为这么做没多大用，而且会浪费大量的水。"博士答道，"不过，目前我们不能放过任何机会。我们还是飞上去吧。"

说完，博士把氢氧喷嘴的火头拧大，热度骤然升高，扩散开来。不大一会儿，在氢气膨胀的作用下，气球向上升去。

在离地约1500英尺高的地方，"维多利亚号"一触到昏暗的云团，马上便被浓雾包围了。气球不再上升。但是，云雾里没有一丝风，甚至没有什么水分，吊篮里裸露在外的东西几乎没有被打湿。

突然，乔惊讶地叫道：

"好奇怪啊！主人，快来看哪！肯尼迪先生！简直太奇怪了！"

"到底出什么事了？"

"我们后面还有一个气球！"

乔惊得呆呆地愣在那儿，仿佛傻了一般。

"这小伙子被阳光晒坏神经了。"博士边说，边把身子转向乔。

"先生，您瞧。"乔一边说，一边用手指着空中的一个圆点。

"我看见了。"博士沉着地说。

"竟然还有一个气球，上面也有旅行家！"

果然，在200英尺之外的地方，有一个气球正飘荡在空中，气球下面也有一只吊篮，吊篮里面也乘着旅行家，而且气球飞的路线也与"维多利亚号"完全相同。

博士说："我们给他们发个信号吧。肯尼迪，拿旗帜来，给他们看看我们的国旗。"

另一个气球上的人似乎同时也产生了一样的想法，也有一个人摆着旗打招呼。令人吃惊的是，摇旗的动作、时间、旗帜的形状，甚至打招呼的方式全都一模一样。

看到这一切，弗格森恍然大悟，他笑着说：

"亲爱的肯尼迪，另一只吊篮里的人就是我们自己。那个气球就是我们的'维多利亚号'。"

"噢？主人，我不相信。"

"乔，那你站到吊篮沿上去，摆摆手看看。"

乔立即照办。他看到自己的动作被对方同时一丝不差地重做了一遍。

"只不过是一种幻影罢了。"博士解释说，"这是一种简单的光学现象，是由于大气层中空气的密度不同造成的，叫海市蜃楼，仅此而已。"

"太奇妙了！"乔不住地赞叹。他仍无法相信，又把两只手轮流挥挥试了试。

"多罕见的场面啊！"肯尼迪说，"你们瞧，我们'维多利亚号'的样子多漂亮，多威风啊！"

不久之后，这种现象就渐渐消失了。云升高了许多，"维多利亚号"落在了它的下面。一个小时后，云在天空中消失得无影无踪了。

又坠入了忧郁的沉思当中。

4点钟左右，在无垠的沙漠上，乔隐约看到了一个凸起的物体。不久，他认出来了，那是两棵相距不远的棕榈树，他立刻告诉了同伴。

"棕榈树！"弗格森博士喊道，"有泉眼和水井吗？"

他举起望远镜望了望，似乎看到了水源。

"终于有水了，有水了！"他反复地说，"我们得救了。"

"那么，先生，我们可不可以把原来剩的水喝掉？空气实在太闷了。"乔请求道。

"喝吧，小伙子。"

转眼间，大家就把整整1品脱水喝光了。现在，储备水只剩下3品脱半了。

"太美妙了！"乔感慨地说，"这水多好喝啊！"

6点钟时，"维多利亚号"飘到了棕榈树上空。这是两棵干枯、枝叶全无的树。看到这一切，弗格森的心不由得一沉。树脚下有口井，在似火骄阳的烘烤下，这些井台边的石头已变得非常疏松。这儿连一点儿湿润的迹象也没有。

弗格森的心里很痛苦，正当他要把担忧告诉同伴时，肯尼迪和乔发出了惊呼声。

西面的地上堆满了白骨，一眼望不到头，还有许多骷髅倒在了一个干枯泉眼的四周。看样子，有只骆驼商队曾到过这个地方。长长的枯骨堆表明了他们来的路线。身体弱的人倒在黄沙上死去了，身强力壮的终于坚持到了这个希望的水源前。但是，他们在这里找到的却是可怕的死亡。

旅行家们面面相觑，脸色苍白。

"别降下去了。"肯尼迪说，"快走吧！这个恐怖的地方找不到一滴水。"

"不，肯尼迪，我们应该下去看看。既然这儿有过水源，我们就应该去井底看看，说不定还能剩点儿水。"

"维多利亚号"着陆了。他们迫不及待地奔到了井前，顺着布满灰尘的阶梯下到了井底。水眼早已干涸了多年，他们在干燥松软的沙中挖了半天，连一点儿水汽都没有，最终他们放弃了。

其实，大家已经预料到会是这个结果，所以什么也没说。从这一刻起，他们必须鼓起勇气和毅力了。

晚饭时，3个人一声不吭，勉勉强强地吃完了这顿饭。

迄今为止，他们还没有真正体验过干渴的痛苦。但是对未来的命运，他们充满了担忧。

第二十四章

由于没了水，气球干瘪了，最终停止了飞行，死亡的阴影笼罩着大家。

昨天，"维多利亚号"飞了不到 10 英里，却耗掉了 162 立方尺的气体。

星期六一大早，博士宣布："燃烧嘴只够烧 6 个小时了。如果 6 个小时内，我们还找不到水源的话，我们的命运就只能交给上帝了。"

"主人，没什么风啊！"乔说，"说不定等一会儿，风就会大起。"看到弗格森的忧郁神情，他又补充道。

空中死一般的寂静，一点儿风也没有。天气却热得越来越无法忍受了，此时温度已高达华氏 113 度。

乔和肯尼迪并排躺着，闭上眼睛，不去想眼前的处境。这种逼不得已的安闲让他们更加度日如年。既然无法改善处境，只能安于听命了。

干渴的痛苦越来越强烈地折磨着他们，白酒倒使得他们的口更渴了。水只剩下几乎不到两品脱了，大家眼巴巴地盯着这点儿宝贵的水，谁也不肯用它来湿湿嘴唇。因为在无垠的沙漠里，两品脱水就意味着生命。

弗格森博士陷入了深深的反省中。他暗暗问自己，是不是做得不够慎重？这几天自己的做法是否正确，判断是否失误了？这些想法在他的头脑中绕来绕去。他用双手捂着头，整整几个小时都没有抬起过。

"不行，必须做最后一搏！"将近 10 点钟时，他下定决心似的自言自语道。

弗格森趁着两位同伴还在打盹儿时，加热了气球里氢气的温度。博士从 100 英尺的高度一直升到 5000 英尺的高空，试图找到哪怕最微弱的风，然而空中一丝风也没有。

制造氢气的水终于用光了，燃烧嘴熄灭了，本生电池也停止了工作。"维多利亚号"渐渐瘪了下来，缓缓地落在升起前吊篮所在的位置。

在气球接触地面的时候，肯尼迪和乔从痛苦的昏睡中醒过来了。

大家心事重重，不愿开口，一连几个小时，谁也没说话。乔为大家准备了饼干和干肉饼做晚餐，每人勉强吃了一点儿，最后各自喝了一口热水，就草草结束了这顿沉闷的晚饭。

夜间，天气又闷又热，谁也睡不着。

第二天只剩下半品脱水了，博士把这点儿水留了起来，三人决定不到万不得已不用它。

"我透不过气了。"过了不大会儿，乔就叫了起来，"好热啊。"

现在温度大概为华氏 140 度！

"沙子热得烫死人。"猎人附和道，"这个天气和着了火差不多，快把人逼疯了！"

"我们别绝望。"博士安慰道，"在这个纬度，热了一阵子后，难免要来场暴风雨，说不定要不了一个小时，就会下雨了。"

"算了吧，弗格森，如果要变天，总得有点儿兆头吧！"肯尼迪反驳道。

博士答道："我觉得气压表有点儿下降了。"

"鬼才信呢！我们算是被困在这个鬼地方了。"

"唉！风啊，风！"乔喊道，"有了风，我们就能找到小河或水井。有了了风，我们就能离开这儿了。"

口干舌燥，再加上这片望不到尽头的沙漠，他们更是感到心烦意乱。没有沙丘，没有石头，这荒芜的大漠让人沮丧。湛蓝天空和茫茫黄沙显得死一般的沉寂，令人感到无名的恐惧。在这火烧一般的空气中，整个大地如同一盘焰火炉上面的热气，微微抖动。望着这片深远的宁静，人人心灰意冷，看不到任何希望能使这种状况得到改变，因为"无边"也就意味着"永久"。

在这种干燥高温的天气下，又因干渴缺水，三位旅行家开始有点儿精神迷乱，眼前时不时地产生幻觉。他们的双目圆睁，目光变得呆滞无神。

天黑以后，博士决定快步走走，用来克制这种令人不安的情绪。他打算用几个小时走遍附近的这块沙地。

"来吧，"他招呼道，"这对你们有好处。"

"不行了，我一步也走不动了。"肯尼迪回答说。

"我还是睡觉吧。"乔说。

"朋友们，不管是睡觉还是休息，对你们都非常有害。你们应该动起来，摆脱这种麻木的状态。一起来吧！"

但是，他的两位朋友都不愿意去。

于是，在满天星斗的闪烁下，他独自一人走了。一开始，他走起来很艰难，但他认识到这种锻炼对健康很有益。他又往西走了好几英里。正当精神已经振作起来时，突然，他感到一阵头晕目眩，眼前发黑，双腿发软。这片无边无际的沙漠使他产生了无名的恐惧。"维多利亚号"完全消失在了黑暗中。弗格森博士，这位镇定自若、勇敢无畏的旅行家，被一种无法克服的恐惧心理困住了！他想掉头回去，腿却怎么也迈不动；他大声呼唤，但得不到任何回应。他的声音如同石沉大海，无声无息地消失在夜空里。弗格森终于支持不住了，他孤零零地躺在这片寂静无声的沙漠中，失去了知觉。

半夜里，乔见主人久久未归，十分担心，就顺着博士在沙面上留下的清晰脚印找了过来，结果找到了昏迷的主人。

"主人，您怎么了？"乔焦急地问。

"没什么，亲爱的乔，不过是一时的虚弱罢了。"

乔用胳膊架着博士，踏上了来时的路。

"先生，您这样做太冒险了。"说完，他又笑着开了句玩笑，"您可能会遭抢的。好了，先生，咱们认真谈谈吧。"

"你说吧，我听着。"

"咱们一定得想出个办法。情况明摆着，再这样拖下去是不行的。"

博士没有作声。

"这样吧！现在是该有人为大家的命运做出牺牲的时候了。那个人就是我。"

"你说这话是什么意思？你有什么计划？"

"我的计划很简单。带点儿吃的东西，一直往前走，最后总会到某个地方的。我不在的时候，如果上天帮忙，送来了顺风，你们也不必等我，只管飞走好了。至于我嘛，如果能走到一个村庄，我就用您给我写下的几个阿拉伯字来应付。到那时，要么我带人来救你们，要么就是把命丢在那儿了。您认为我的计划怎么样？"

"你这是发疯，乔。你的办法行不通，我不会同意的。"

"先生，不管怎么说，总得做点儿什么呀。我这个计划完全可行。我再给您说一遍，除非风一直不来，你们不等我。相信我，我会成功的！"

"不行，乔！不行！我们不能分开！那样做只会让我们更加痛苦。相信命运的安排，我们还是耐心等待吧。"

"好吧，先生。我再给您一天的时间，现在是星期一的凌晨 1 点了，如果星期二我们还走不成，我就坚决要这么做了。"

博士没有回答。

第二十五章

干渴使大家产生了幻觉，旅行家们陷入了绝境。

第二天一早，博士就去查看气压表，水银柱几乎没有一点儿变化。

"没降，一点儿没降！"他喃喃自语，"难道真的没有希望了？"

乔一句话也不说，仍在想着自己的冒险计划。

肯尼迪站了起来，病恹恹的，令人十分担忧。他正忍受着干渴的折磨，费劲儿地蠕动着肿胀的舌头和嘴唇，却发不出任何声音。

还剩下很少一点儿水。每个人心里都清楚，但是他们谁也不喝。这三位同伴，怀着野兽般的贪婪，无奈地等待着。肯尼迪表现得尤为突出。整整一个白天，他都疯疯癫癫地走来走去，嘶哑地吼叫着，咬着自己的拳头，像要把自己的血管咬破，好喝里面的血似的。

到了傍晚，乔也开始变得疯疯癫癫的了。在他眼中，这片广阔的沙漠成了一个清澈的大水塘。他一次又一次地扑到火烧般的沙漠上大喝起来。他站起来时，满嘴都是细沙。

弗格森和肯尼迪一动不动地躺着，这时乔产生了一种遏制不住的念头，他想把留下的那点儿水喝光。这种念头非常强烈，他不由自主地奔到吊篮前，眼睛死死地盯住了装着水的瓶子。瓶子里的水诱人地晃动着，他一把抓起瓶子就往嘴里送。

就在这时，他耳边响起了几声凄厉的叫声："水！水！"

那是肯尼迪在喊叫，他正在向乔爬过来。这位不幸的人样子十分可怜，他跪在地上，哭着向乔哀求。乔哭了，把瓶子递给了肯尼迪。肯尼迪接过水瓶，一气把水喝了个精光，连一滴也没剩下。

"谢谢。"他说完，便瘫在了地上。但是，乔没听见，他像肯尼迪一样倒在了沙面上。

星期二早上，在阳光倾泻的火雨下，这些不幸的人们感到他们的肢体在一点点地干枯。乔想站起来，然而根本做不到，他已无法实施他的计划了。

吊篮里，博士神情沮丧，双手交叉在胸前，呆呆地凝视着天空。肯尼迪的神情很可怕，头左右摇晃着，像关在笼子里的一头野兽。

突然，猎人的目光落在了他的马枪上，枪托在吊篮外边伸着。

"啊！"他使出超人的气力喊着，站了起来，发疯般地扑向马枪，一把抓过来就用枪口对准自己的嘴。

"先生！先生！"乔喊叫着向他奔去。

"别管我！滚开！要不我打死你！"肯尼迪不停地叫着。

乔拼命地抓住他，就是不松手。他们就这样搏来斗去，互不相让。博士在旁边就像没看见他们似的。两人厮打了将近一分钟，马枪忽然间响了。听到枪声，博士幽灵般地站了起来，凝视着周围。突然，他的目光有了生气。

他抬起手指向地平线，怪声怪调地喊道："那！那！瞧那儿！"

他的举动非常奏效，乔和肯尼迪立刻停止了搏斗，两人都往博士手指的方向望去。

辽阔的大漠翻腾起滚滚沙浪，如同风暴下咆哮的大海。沙浪疯狂地起伏着，东南方向，一根巨大的沙柱以惊人的速度旋转着，正逐渐往这儿逼近。一刹那，火辣辣的骄阳消失在一块昏黑的乌云后面，巨大的阴影一直伸到了"维多利亚号"上空。

弗格森的双眼闪烁起希望的光芒。他喊道："西蒙风！"

"天哪！"肯尼迪绝望至极，狂怒地吼叫道，"我们就要完蛋了！"

博士笑着反驳道："恰恰相反，我们有救了！"

弗格森急促地往吊篮外抛撒压重的沙子，乔也毫不犹豫地扔掉了50斤金矿石，不过脸上还是闪过一丝惋惜的神情。气球升了起来。

"好险啊！"博士如释重负。

西蒙风以闪电般的速度迅速逼近。再晚一会儿，"维多利亚号"就会被风压扁，撕成碎片。巨大的龙卷风追上了气球，冰雹般的沙子劈头盖脸地落下来。

"再扔石头！"博士向乔叫道。

"好的！"乔口里应着，抛出了一块很大的矿石。

"维多利亚号"迅速地升到了龙卷风的上面，被一股强大的气流拖着，风驰电掣般地飞行在这片翻腾的沙海上空。

弗格森、肯尼迪和乔都不说话。这股旋风使三人感到了凉爽。他们满怀着希望。

3点钟时，风暴停了，沙子纷纷落下，在地上形成无数个小沙丘。天空恢复了最初的死寂。"维多利亚号"飞不动了，飘浮在空中。远远地大家望见了一个绿洲，绿树覆盖着的绿岛，耸立在这片沙漠海洋中。

"水，那儿有水！"博士喊了起来。

他立即打开大气球的阀门，放掉一些氢气。"维多利亚号"在离绿洲约200步远的地方降落下来。

肯尼迪拿着马枪，乔抓起猎枪，两人快速向树林奔去。清新的绿林有着丰富的水源。找到水源的快乐使他们放松了警惕，谁也没有留意自己重重的脚步声，更没注意到潮湿的地上到处留着新的脚印。突然，在离他们20步远的地方响起了一声野兽的吼叫。

"这是狮子叫！"乔说。

"太好了！"猎人豪气顿生，说，"我们来斗一斗吧！"

"当心啊，肯尼迪先生，当心！"乔说。

肯尼迪根本没听到乔在说些什么。他两眼冒火，手里端着马枪，勇敢地向前移动。在一棵棕榈树下，一只长着黑鬣的大狮子正准备进攻。一看到猎人，它就扑了过来，但是还没等到爪子触地，它的心脏就挨了一枪，倒在地上死了。

"太棒了！太棒了！"乔叫了起来。

肯尼迪什么也不顾，他急匆匆地奔向水井，踏着潮湿的台阶钻下去，趴在水源前，贪婪地喝了起来。乔也学着他的样子，开怀畅饮。

"咦，弗格森先生呢？"乔问。

这个名字使肯尼迪清醒了过来，他把随身带来的一个瓶子装满水，然后向井口台阶走去。

突然，一个黑糊糊的庞然大物堵住了井口。尾随在肯尼迪身后的乔不觉倒退了几步。

"又一只雄狮！"乔叫道。

"不，是母狮！畜生！你等着！"猎人边说边往马枪里装子弹。

顷刻间，猎人"砰"地放了一枪，于是狮子不见了。

"上去吧！"他叫道。

"不行，肯尼迪先生，不能上去。你并没有把狮子打死，它现在肯定在上面等着我们呢。咱们俩谁第一个出去，它准会扑向谁。不用说，这个人就完蛋了！"

"你说怎么办？总要出去呀！弗格森在等着我们呢！"

"咱们把狮子引过来。咱俩换一下枪。"

"你打算怎么做?"

"等会儿您就明白了。"

乔脱下自己的短上衣,套在马枪的枪筒上,把这当诱饵举出了井口。狂怒的母狮见状,立即向短上衣扑了过来,肯尼迪趁狮子腾空之际开了一枪。子弹打中母狮的肩胛,狮子吼叫着,从台阶上滚下来,撞倒了乔。就在乔感觉到巨大的狮爪已经向自己扑过来时,又是一声枪响。弗格森博士手中拿着枪,出现在井口。枪口还在冒着烟。

乔赶快爬起来,跨过死狮,把装满水的瓶子递给了主人。弗格森接过瓶子就喝,一口气喝了半瓶。

此时,三位旅行家衷心地感谢上帝及时地救了他们。

第二十六章

> 由于水和食物十分充足，三位旅行家决定暂时留下等待顺风。

三位旅行家饱餐了一顿，并喝了很多的茶和烈酒。在合欢树清凉的树荫下，他们度过了一个美好的夜晚。

肯尼迪踏遍了这小块绿洲，仔细搜索了每一簇灌木丛。最后，他得出结论他们是这块人间天堂中唯一的生物。舒展手脚躺在铺盖上，他们放心大胆地度过了祥和的一夜。这一夜使他们忘却了刚刚经历过的苦难。

第二天是5月7日，太阳照耀着大地，却无法穿透这儿幕帘似的树叶。博士决定暂时留下来等待顺风。乔从吊篮里搬来了行军灶，做起了各种美味佳肴。他哗哗地用着水，再也不用担心浪费了。

"快乐和忧伤总是不断地轮转交替啊！"肯尼迪感慨万分，"想那时我们几乎都疯了，现在却如此惬意！"

"说起来，我们也真脆弱。就因为芝麻粒大的事，自己就垮了！"博士说道。

"主人，您说喝不上水是芝麻粒大的事吗？水可是生活中的必需品啊！"

"是的，乔。人不吃东西要比不喝水活得日子长。"

"这我倒相信。再说，万不得已，人还可以逮到什么吃什么，甚至吃自己同类的肉。虽然恶心恐怖，可到那时，不吃也得吃！"

"野人可不认为吃人肉有什么不好。"肯尼迪说。

"所以他们是野人啊。他们还吃生肉呢。真恶心！"

"的确恶心。所以最初来非洲考察的旅行家们讲述此事时，才会没有人相信。"博士证实道，"以前，人们普遍不愿承认非洲部落吃生肉的事实。在这种情况下，詹姆士·布鲁斯经历了一件既意外又特别的事。"

"先生，给我们讲讲吧，反正我们有时间。"乔请求说。他舒展着双手和双脚，在清新的草地上躺着，非常惬意。

"好的。詹姆士·布鲁斯是苏格兰斯特灵郡人。1768 年到 1772 年间，他一直在寻找尼罗河的源头。后来他返回了英国，并在 1790 年发表了他的游记。由于风俗习惯差别很大，没人相信他的话。在游记中，他提到非洲人吃生肉的事。这件事招致了所有人的反对，说他明知道不会有人去验证，就只管信口开河。布鲁斯是位非常有胆量，同时又非常急躁的人，这些怀疑使他非常愤怒。有一次，在一个爱丁堡的沙龙里，一位苏格兰人当着他的面又拿这件事打趣他。这个人表示，有关吃生肉一事，不但不真实，而且也不可能。布鲁斯听后，什么也没有说。他出去了一会儿，回来时带了一块按非洲方式撒了盐和胡椒粉的生牛排。他对那位苏格兰人说：'先生，您刚才的话，是对我莫大的侮辱。您认为吃生肉不可能，那您就完全错了。为了向在场的人表明您错了，您必须马上把这块生牛排吃了。要么，您就给我解释清楚为什么吃生肉不可能。'苏格兰人害怕了，最后，只好痛苦地把生牛排吃了下去。而这时，镇定自若的詹姆士·布鲁斯说道：'先生，你可以说事情不是真的，但至少不要说事情不可能。'"

白天就这样在愉悦的谈话中度过了。随着精力的恢复，大家又产生了希望和勇气，过去的很快就过去了，未来就在前方。

乔不愿离开这个迷人的避难所，声称就和家一样，这儿是他梦想的王国。博士为他测算了这块绿洲的精确方位。乔郑重其事地记下：东经 15°43′，北纬 8°32′。

肯尼迪只有一件事觉得惋惜，那就是在这个微型树林中，没猎可打。照他的看法，这儿什么都好，就是少了点儿野兽。

博士又说："你怎么转眼就忘了呢？你不记得那只雄狮和母狮了？"

"嘿！不值得一提！"他不屑一顾地说，"不过，在这块绿洲上出现了狮子，说明我们离肥沃地区已不远了。"

"你这个证据可不怎么样，肯尼迪。像这种动物，受饥渴驱使，常常可以跑很远一段路。所以今天晚上，我们要多加小心，最好再点上几堆篝火。"

"这么热还点篝火？"乔很不情愿，"如果真有必要，那就点吧。可是，万一把这么美丽的树烧了，我会觉得良心不安的。"

"你说得对，乔。我们要特别小心，千万别把树烧了。这样，其他人也可以根据这棵树，找到这块沙漠中的救命之地。"

出于这番明智的考虑，乔去搭了一些夜里用的柴堆，并尽可能把柴堆搭小点儿。所幸的是一夜平安无事，每人轮流睡了个好觉。

第二天，天气一点儿也没变，依然是晴空万里。气球停在那儿一动不动，空中连一丝风也没有。博士又担忧起来，如果再这样下去，吃的东西很快就不够了，渴没有渴死，难道要饿死吗？可是，看到气压表上的水银柱明显下降，他又心安了一些，这表明最近天气要发生变化了。他决定做好出发的准备，以便一刮风就可以起飞。

弗格森要恢复气球的平衡，乔自然又要牺牲很大一部分金矿石了。所以他愁眉苦脸，迟迟不想执行主人的命令。博士要他在水和金子之间做个选择，乔不再犹豫了，立即动手把那些宝贵的石头扔了出去。

"这些金子留给后来的人吧。"他不无心疼地说，"在这儿发现一笔财宝，他们一定会很吃惊的。"

"要是凑巧哪位博学的旅行家发现了这些金矿石，他肯定会非常吃惊。而且会把他的意外发现写上好几页拿来发表。"肯尼迪笑道。

"这都是乔干的好事。"博士也笑了。

一想到或许会愚弄某位学者，乔的心里好受了些，脸上不觉地露出了笑容。

气温高达华氏 149 度，天在下着一场名副其实的火雨。这一天的温度是他们旅行以来最高的了。晚上，乔照样准备了篝火。在将近凌晨 3 点时，正在值班的乔发现温度骤然下降，空中很快布满了乌云，天也变得更黑了。

"快起来！"乔喊醒两位同伴，"快起来！起风了！"

博士观察着天空说："是一场暴风！我们快上'维多利亚号'！"

气球在飓风的吹拂下几乎贴近地面，吊篮被拖在沙地上跑。万一碰巧从吊篮中倾出部分压载物的话，气球就会飞走的。如果真的发生了这样的情况，气球根本就不可能再找回来，那么希望也就彻底破灭了。

幸亏乔敏捷地跑来，死死地按住了吊篮。这时，气球已经贴住了沙地，险些被划破了。博士回到他习惯的位置上，点燃了氢氧喷嘴。

三位旅行家对这片绿洲最后望了一眼，上面的树木被飓风刮弯了腰。气球很快升到了 200 英尺高的气流中。转瞬间，"维多利亚号"消失在漆黑的夜空中。

第二十七章

气球一路顺风地向前飞去，很快就飞过了黑人的聚集地，来到了阿拉伯人居住的地区。

三位旅行家一直在快速地飞行着。他们想尽早离开这个险些让他们丧命的大沙漠。

早上九点一刻，在这片沙海中隐约开始显现出几簇绿草。这说明沙漠就要到头了！绿色的植物从石头缝中钻了出来，石子也渐渐地变成了岩石。

一个小时后，大家的眼前出现了大陆。这块大陆虽然还很荒凉，但它不再是平展展、光秃秃的了。

"我们到了文明地区了吗？"猎人问。

"文明？肯尼迪先生，这要看怎么讲了，到现在还没有看到居民呢。"

"不会太久了。"弗格森回答说，"照我们这样飞下去，很快就会看到人烟的。"

"我们还在黑人地区吗，弗格森先生？"

"是的，在到达阿拉伯联合酋长国之前，都是黑人区。"

"阿拉伯人？先生，是骑骆驼的阿拉伯人吗？"

平展展、光秃秃形容刚刚飞过的大沙漠的荒凉、没有生机。

这句话也是英国式的幽默。因为阿拉伯联合酋长国是亚洲国家，博士的言外之意就是这次气球上的行程不可能脱离黑人地区，因为他们这次是没有可能飞到亚洲去的。

"是不骑骆驼的阿拉伯人。乔，骆驼在这个地区很少见。"

"真不巧。"

"为什么？"

"因为如果变成了顺风，骆驼就可以帮我们的忙了。"

"怎么帮？"

乔的奇思妙想又开始了！

"先生，我想我们可以把吊篮套在骆驼上，让它们拖着我们走。您认为怎么样？"

"乔，这种想法以前就有人想过了。一位幽默的法国作家梅利先生，在他的一本小说中就想出过这种办法。书中，几位旅行家用骆驼拉着他们的气球。一只狮子扑过来吃掉了骆驼，吞下了拖索。于是，旅行家们就把狮子捉住，用它来代替骆驼拉气球，旅行就这样继续下去。你看这个故事够离奇的了吧，可是，他的方法对我们来说没有一点儿用。"

一听到点子已经被人用过，乔的脸上有些挂不住了。他又寻思哪种动物能把狮子吃掉，但是始终也没想出个结果。于是，他干脆打量起周围的地区来。

非洲大陆是神奇和多变的，有荒凉也有美丽。

一个不大不小的湖展现在眼前，湖的周围环绕着一些丘陵。丘陵间，蜿蜒着许多山间小道。丘陵上，杂乱地生长着各种各样的树木。大多数是油棕树，这种树的树叶长达15英尺，树干上布满了尖刺；木棉树则把自己毛茸茸的种子交给了路过的风；被阿拉伯人称为"康达"的香杉那浓烈的香气弥漫在空气中，甚至在高空中都能闻得到。此外还有，叶子像手掌的番木瓜树，一种结苏丹胡桃的梧桐树以及猴面包树和香蕉树。这块土地上几乎汇集了热带地区所有植物的品种。

"真是个好地方啊！"博士赞叹道。

"有动物了。"乔说，"这说明离有人烟的地方也不会太远了。"

"嘿！多大的象啊！"肯尼迪喊道，"我们能打会儿猎吗？"

猎人先生始终不忘他所忠于的伟大职业。

"亲爱的肯尼迪，这么大的风，我们怎么停得下来？你忍忍吧，晚些时候，你会过足打猎瘾的。"

看到种种大自然的奇观，博士知道，他们已到了美丽的阿达莫瓦王国上空。

"我们已踏上现代发现的考察地了。"博士宣称，"我已经接上了一些旅行家半途而废的线索。朋友们，真走运，我们就要把伯顿上尉和斯皮克上尉的工作与巴尔特博士的考察活动连接起来了。我们已离开了伯顿和斯皮克两位英国人的路线，去寻找汉堡人巴尔特博士的踪迹。很快，我们就将抵达这位勇敢的科学家曾到过的最远点。"

半途而废：做事情没有完成而终止。

博士原想往北去，去考察两条路线之间还没有人到过的地区，可是风一直往西吹，这就无法实现他的愿望了。

往西飞了12个小时后，"维多利亚号"到了黑人国边界的上空，现在看到的居民是阿拉伯人，他们正赶着羊群游牧。大西洋山巍峨的山峰高耸在地平线上。这座山估计高达1300英尺，还没有一个欧洲人登上过。顺着山的西坡，非洲这一带的河流都流向大西洋。这就是这个地区的月亮山。

　　终于，三位旅行家看到了一条真正的大河，河边满是密密麻麻的茅屋。这儿是贝奴埃河——它是尼日尔河的一条重要支流，当地人把这条河称为"万水之源"。

　　当晚，气球在距约拉城 40 英里的地方停了下来。博士望见前面远远地耸立着芒蒂夫山的两个尖峰。博士让乔抛下锚，锚钩住了一棵高树的树冠。风特别大，把"维多利亚号"刮得乱晃，气球甚至平躺了下来，有几次吊篮险些倾翻。博士一夜没敢合眼，他好几次想要砍断锚索，躲开风暴。最后，暴风终于平息了，气球摇晃得不怎么厉害了，终于可以放下心来。

　　第二天，风小了好多。但是，风往东北方向吹，旅行家们已经被吹得远离了约拉城。博士本来还想看看这座新建的城市，现在只好放弃这个念头。

　　肯尼迪建议在这个打猎的好地方停一停，乔也声明需要弄些新鲜肉。但是这个地区的风俗野蛮，居民的态度不够友好，时不时有人往气球的方向打枪，博士只好决定继续前进。

　　不久，巴热雷山就出现了。18 个村庄星星点点地散落在半山坡上，如同一群婴儿紧紧依偎在母亲的怀抱中。稻田和花生地覆盖着大大小小的山谷。凭高俯瞰，整个景象尽收眼底，好一幅美丽的画面！

　　3 点钟时，"维多利亚号"到了芒蒂夫山前。既然气球无法避开这座大山，只好飞过去了。博士把气球升到了 8000 多英尺的高空。旅行迄今，气球还从未升这么高过。这里气温很低，博士和他的同伴们只好披上被子

（旁注）气球旅行就是这样，因为它大部分要借助风力，所以很多时候不能满足旅行的全部期待。

（旁注）比喻句。说明这里是一个小型的居民聚居区。

御寒。

　　刚越过山，弗格森博士急忙降低高度。因为，再这么下去，气球就会破裂的。博士看清楚了这座山最初是座火山，那些早已熄灭的火山口是无底的深洞。山坡上堆积的大量鸟粪已化成一层厚厚的钙铝岩。<u>拿这些鸟粪肥田的话，足够整个英国用的了。</u>

　　下午 5 点时，为避开南来的风，"维多利亚号"靠着山坡轻轻地飞行，并停在了一个宽敞的上空。把气球稳住后，肯尼迪抓起马枪，就向原野冲去。不大一会儿，他就带着半打野鸭和一只沙锥鸟（嘿，这肯尼迪的枪法真神，竟然连这样难以击中的沙锥鸟也让他给猎回来了！）回来了。乔烹制了一些美味佳肴。

　　这顿饭，大家吃得很开心；这一夜，大家睡得也很安稳。

幽默的说法，形容这里鸟类等自然资源无比丰富。

第二十八章

旅行者们来到了阿拉伯人的领地，却受到了
迥然不同的"礼遇"。

第二天，5 月 11 号，"维多利亚号"继续
前进。

现在，旅行家们非常信赖自己的气球。他们的"维
多利亚号"经受住了各种严峻的考验。无论是可怕的飓
风，炎热的酷暑，还是危险的起飞和降落，它都挺过来
了。弗格森操纵气球的技术也已经达到了炉火纯青的
境界。

风吹着气球向北方飞去。将近 9 点时，3 位旅行家
隐约望见前方有座大城市——莫斯菲亚城。它建在两座
大山之间的高地上，易守难攻，只有一条蜿蜒在沼泽地
和树林之间的小道通向该城。

气球飞过时，一位阿拉伯酋长正由一队服装艳丽、
骑着马的卫兵护卫着进城。

博士降低了气球的高度，想仔细观察这些土著人。
随着"维多利亚号"的降低，许多土著人都由于害怕而
逃走了。只有酋长一人留在原地没动，抓起他的长筒火

炉火纯青：比
喻学问、技术
或办事达到了
纯熟完美的地
步。

枪，装上子弹，高傲地等待着。

博士在 150 英尺的空中停了下来，然后大声用阿拉伯语向酋长打招呼。一听到这天外之音，酋长立刻跳下马匍匐在满是灰尘的路上，博士用尽办法也没能改变他崇拜的姿态。

"最初到这儿的欧洲人，被他们当成了超人。自然而然我们就会被当成神灵了。"弗格森博士说。

"这不太好。"猎人回答，"从文明的角度来说，最好还是把我们当普通人。"

"先生，"乔问，"您刚才讲的那些最早来这儿考察的欧洲人，都是谁呢？"

弗格森说："我们现在正走在丹纳姆少校走过的路上。就是在莫斯菲亚城，他受到了曼达拉的苏丹的款待。他曾离开博尔努，陪同阿拉伯酋长去远征费拉塔赫人，并参加了攻城战。最终却失败了，少校也被洗劫一空，幸好他藏在了一匹马的肚子下面，这样才逃脱的。"

"这位丹纳姆少校是什么人呢？"

"是位勇敢的英国人。1822 年到 1824 年间，他在克拉珀顿上尉和奥德内博士的协助下，领导一支在博尔努的探险队。他们于 1823 年 2 月 16 日到达乍得湖附近的库卡。在博尔努、曼达拉和乍得湖的东岸地区，丹纳姆进行了各种考察。不过，在此期间奥德内博士因劳累过度在米尔城病故。"

"原来，已经有不少学者为科学献身啦？"肯尼迪问。

"科学当然包含着献身！现在，我们正向巴尔吉米

幽默的说法，说明首长忽然发现上面这个怪物竟然发出人的声音,这令他无比恐惧。

洗劫(jié)：把一个地方或一家人家的财物抢光。

王国进发。1856 年弗格尔到过那儿，后来却在那儿失踪了。这位年轻人才 23 岁，是巴尔特博士的助手。1855 年，尼曼斯男爵在来瓦代的途中，死在了开罗。现在，有两支探险队正一起寻找弗格尔。我们也许能帮忙弄清这位牵动着众多人心的年轻旅行家的命运。"

不一会儿，莫斯菲亚城就消失在了地平线上。现在，3 位旅行家到达了曼达拉城。这个地方非常富饶。到处是刺槐林和开红花的洋槐林；棉花地和槐蓝田里的作物长势喜人；河水奔腾不息，在 80 英里外汇入乍得湖。

排比句式。描述了这一地区的美丽富饶。

博士说："这块辽阔的土地称得上是欧洲人的墓地！可怜的图尔就是死在那儿，他当时还不到 22 岁，是英国第 80 团的掌旗官。他才来非洲几个星期，就碰上了死神。唉！"

说明非洲土著居民对外来人的敌对和仇视态度。

这时，几艘长 50 英尺的小船正顺着沙里河而下。由于"维多利亚号"是在距地面 1000 英尺高的上空飞行，所以它没怎么引起当地人的注意，但本来一直不算小的风力却开始减弱了。

"难道风又要停了？"博士担心地说。

"停就停吧，主人，反正我们有水喝。"乔说。

"不对，乔，当地的土人非常可怕呢。"

"瞧，"乔说，"那儿像一座城。"

"是凯尔纳克城。"

半小时后，"维多利亚号"在凯尔纳克城的 200 英尺的空中停下，不动了。现在，离凯尔纳克已经很近了，他们可以尽情地欣赏这座城市。

凯尔纳克城现在像一幅展开的画卷，一览无余。这是个真正的城市，房屋整齐有序，街道相当宽阔。

一看到"维多利亚号"，多次发生过的场面又出现了。土人们首先是发出喊叫声，随后个个惊慌失措，生意也顾不上做了，掉头就逃。转眼间，广场上就空荡荡的。3 位旅行家在吊篮里一动不动，仔仔细细地观察这个人口稠密的城市，他们甚至把气球降到离地面仅 60 英尺的高空。

这时，一个酋长手举绿旗从宅邸走了出来，显然"维多利亚号"的出现扰乱了他们的正常生活。君王的军队迅速集合到了广场，准备与这几个非同寻常的敌人交战。乔挥动着一块又一块各种颜色的手帕，然而却什么效果也没有。

权力至上的君王不止一次地示意气球走开，博士当然巴不得离开这儿，可是一点儿风也没有，气球根本就走不开。看到气球仍然不动，君王被激怒了。于是，他的大臣们齐声呐喊起来，想以此逼迫这个怪物逃掉。

看到恐吓不起作用，他们便开始攻击了。战士手持弓箭，排成了战斗队形。不过，"维多利亚号"已经在博士的努力下渐渐膨胀起来，缓缓地升到了利箭的射程之外。这时，手持火枪的君主把枪对准气球。肯尼迪见状忙扣动马枪扳机，只听一声枪响，酋长手中的火枪应声而断。

这突如其来的一枪，使得全场顿时乱作一团。土人们像受惊的兔子，撒开腿跑回了自己的草屋。

夜幕降临，风也停了。博士只好把气球停在距地面

> 人们对陌生事物的第一个态度是恐惧。

> "敌对"是人们对陌生事物在最初恐惧之后的第二个自然反应。

> 敌对的行为遭遇失败，后遗症可能就是永久的、更深的恐惧。

300 英尺高的空中。整个城市一片黑暗，笼罩着死一般的寂静。弗格森博士提高了警惕，因为按照他的推断，这种宁静的背后往往会隐藏着陷阱。

半夜时候，整个城市像着了火似的，成百上千条火光如同腾升的焰火，左右穿插，上下飞舞，在空中搅成了一个火团。而且这片火光逐渐升高，直奔"维多利亚号"而来。乔见状，立即准备好扔压载物。

原来这是成千上万只尾巴上拴着易燃物的鸽子。它们被土人放出后，冲着"维多利亚号"扑过来。惊恐不安的鸽子仓皇地飞着，在空中划出无数道弯弯曲曲的火线。肯尼迪立即拿出所有的枪向这片火鸽射击。可是鸽子太多了，怎么也打不光。鸽子已经围住了吊篮和气球，在火光的映照下，"维多利亚号"好像被罩在了一张火网中。

博士毫不犹豫地扔出了一块石英石，"维多利亚号"立刻上升。直到这些火鸽达不到的高度，博士才把气球停下来。两个小时后，黑夜里到处飞舞的火鸽总算开始减少，最后，火光完全熄灭了。

"我们终于可以放心睡大觉了。"博士松了口气。

"这些野人的办法还真厉害！"乔回味说。

"是的，好在我们的气球比鸽子飞得还要高！"

"这说明了气球什么也不怕。"肯尼迪乐观地说。

気球真的什么也不怕吗？作者这句话是有意为之，因为接下来，就可能从反面证明这句话。这是作者预先埋下的一处伏笔。

情境赏析

经历过数次磨难和惊险，博士操纵气球的技术愈加纯熟。这一章前半部分，作者借博士之口，再一次为我们普及了一下人类近代在非洲的探险史。许多探险家因此而献出了生命，其中有一部分是丧生于非洲土著居民的敌对和仇视的态度和行为上。而仿佛为了验证这一点，三人立刻遭遇了一场这样的敌视。

名家点评

他受大仲马影响之深，就文学而言，凡尔纳更应该是大仲马的儿子。

——（法）小仲马

第二十九章

> 趁着博士不注意，肯尼迪偷偷地向河马开了一枪。遗憾的是，他这一枪并没有打中。

大概凌晨 3 点钟，脚下的城市开始移动，"维多利亚号"又上路了。

弗格森醒了，他查看了一下罗盘，发现风正带着他们向东北偏北方向移动。

"我们很幸运，"他说，"一切顺利，今天我们就能见到乍得湖了。要知道，这个湖最长的地方和最宽的地方有 120 英里呢。"

"我们的旅行会变得不同，因为我们会在这么一大片平静的湖面上飘荡。今天是 5 月 12 日，我们是 4 月 18 日动身的，算来，已经飞了 25 天，再过 10 天左右我们就能到达目的地了。"

"我们的目的地是哪儿啊?"

"我也不清楚。不过，最后到哪儿都没有关系了，反正我们旅行的目的已经达到了。"

"你说得对，弗格森。我们就听从上帝的安排吧!"

"空中旅行万岁!"乔高呼，"25 天过去了，我们依然是身体棒棒的，吃得饱饱的，休息得足足的。只是我的腿都要锈住了，如果能走上 30 英里，活动活动腿脚，我会更加高兴的。"

"乔，你就把这种乐趣留到伦敦大街上去享受吧。我们已经比我们的前辈幸运多了。我们是一个整体，不能分开，如果我们其中某一位还在陆地上，'维多利亚号'为了躲避意外，却不得不起飞，那我们就不一定还能见到那个留在陆地上的人了！因此，我是不愿意肯尼迪离开气球去打猎的。"

"弗格森老友，还是让我再过过瘾吧。我们吃饭的时候换换口味也不坏嘛。再说，直到如今，我还没有打过几次猎呢。"

"你又何必打它们呢，这些动物对你来说一点儿用处都没有吗？假如是只狮子、老虎或鬣狗，我还能理解，至少它们都是凶险的野兽；可是像羚羊这样的动物，除了满足一下你打猎的欲望，实在是没有必要打它们啊！当然，如果你认准某个猛兽，一枪打中它的心脏，我们会很高兴的。"

"维多利亚号"一点点地下降，不过，最后还是停在安全的高度上。因为在这个人口稠密的野蛮地区，危险随时可能发生。

3 位旅行家现在是沿着沙里河飞行。这里树木的种类繁多，颜色各异。遍野的藤本植物纵横交错，相互缠绕，仿佛给大地铺上了一层五颜六色的地毯。鳄鱼们如同生气勃勃的蜥蜴一样，时而在阳光下打斗，时而钻入水中嬉戏。

早晨 9 点左右，弗格森博士和他的朋友终于抵达乍得湖南岸。这里是非洲的里海，是只有丹纳姆和巴尔特两支探险队到过的内海。

弗格森博士试着记下湖的现在形状。从 1847 年至今，湖的模样已经有了很大的差异。其实这个湖的地图是没法画出来的，因为湖的四周几乎全是要命的沼泽地。巴尔特就曾陷到沼泽里面，险些丧了命。沼泽地里长着 15 英尺高的芦苇和纸莎草，它们一年四季都生长着，仿佛已经成了湖的一部分。湖边的城市常常淹没在其中，1856年，恩戈努城就发生过此事。现在河马和凯门鳄经常出没的地方，原来曾是博尔努城的住宅区。

太阳把耀眼的光芒洒到平静的湖面上。北方的地平线上，水茫茫，天无涯，天水交接连成一片。

很久以来，人们一直认为这个湖的湖水是咸的。为了确认一下水质，博士降低气球，又让乔放下一个瓶子，灌了半瓶湖水上来。水中果然带有一种泡碱味，不能喝。

正当博士在记录水质检验结果的时候，他身边突然发出一声枪响。原来是肯尼迪再也忍不住打猎的欲望，对准一只庞大的河马开了一枪。一听到枪声，这只正在休息的大家伙立即消失了。猎人的圆锥形子弹好像并没有伤害它，只是把它吓跑了。

"要是有渔叉就好了。"乔遗憾地说。

"这儿哪来的渔叉？"肯尼迪问。

"就拿我们的锚呗。对付这样的大家伙，锚正好可以当钓钩用。"

"这倒是一个好办法……"肯尼迪说。

"我求求你们，千万别这么做！"博士马上反对，"这家伙会把我们拖到我们不愿去的地方。"

"尤其现在，我们已经弄清楚了乍得湖水的味道。"乔表示同意，"弗格森先生，那条大鱼能吃吗？"

"乔，那不是鱼，是河马。河马是厚皮动物中的一种哺乳动物。听说它的肉很好吃，乍得湖沿岸的居民做得最多的买卖就是它。"

"那太可惜了，刚才肯尼迪先生的那一枪要是能击中该多好。"

"这种动物只有肚子或两条大腿之间的部位才容易受伤。肯尼迪的子弹压根就没有打中要害。不过，如果湖北岸有合适的地方，我们就停下来休息。在那儿，肯尼迪肯定会觉得像是在动物园里，终于可以痛痛快快地打猎了。"

"太好了！"乔说道，"肯尼迪先生，到时再打只河马吧！真想尝尝这水陆两栖动物的肉的滋味。深入到了非洲的中心，还像在英国那样只吃吃沙锥鸟和山鹑，太说不过去了！"

愤怒的胡兀鹫撕裂了气球的气囊，为了减轻气球的重量，勇敢的乔跳出了气球。

在乍得湖上空，"维多利亚号"遇到了一股向西去的气流。不久，他们就看到了由白黏土城墙环绕的库卡城。在许多方形阿拉伯式的房子当中，笨拙地耸立着几座相当粗糙的清真寺。在人家的院子里和外面的广场上，生长着一些棕榈树和橡胶树。树的顶部由宽大的树叶构成直径 100 英尺的绿色苍穹，像一把把巨大的阳伞。

库卡实际上是由两座不同的城池组成。两城之间由一条 300 托瓦兹长的林荫大道相连，以林荫大道为界，路这边华丽富庶，房子又宽敞又高大；另一边则简陋贫穷，草棚随处可见。库卡城既不是商业城市也不是工业城市。

几位旅行家还没来得及仔细观察库卡城，突然，一阵逆风刮来，"维多利亚号"被裹着向后退了约 40 英里，又回到了乍得湖上空。

湖面上又是一番新景象，众多岛屿星罗棋布。岛上住着凶恶的比迪奥玛人，都是些嗜血成性的湖上强盗。这些野人大着胆子准备用弓箭和石子来迎接"维多利亚号"，气球却很快越过了他们的头顶，就像一只飞舞的大金龟子。

这时，乔对肯尼迪说："肯尼迪先生，您不是一直梦想着打猎吗？咯，现在您有事干了。您没瞧见那边有一群大鸟正向我们飞过来吗？"

"鸟？"博士听到后，立即抓起望远镜观察。

"14只呢，肯尼迪先生。"乔更正道。

弗格森博士插话说："我们还是远离这些带翅膀的家伙吧！那是些胡兀鹫，而且是身子最大的那种，如果它们攻击我们……"

"弗格森，怕什么，我们自卫就是了！我们有充足的武器弹药！我就不信这些鸟有那么可怕！"

"还是谨慎些好。"博士有点儿担心地回答。

说话间，这14只胡兀鹫的嘶哑叫声就在空中响成一片，它们向"维多利亚号"靠了过来。看来气球的出现不仅没有使它们感到害怕，反而激怒了它们。

"它们叫得多响！翅膀拍打得多厉害！"乔猜测，"这些鸟肯定是对有人侵入它们的领地感到不自在。"

胡兀鹫追逐着"维多利亚号"，在气球周围形成了一个大圆。它们风驰电掣般地在空中穿来穿去，逐渐缩小了包围圈。它们时而像流星似的俯冲，时而像出膛的子弹直冲云霄。

博士忧心忡忡，并决定把气球升到高处的大气层中，以避开这些危险的猛禽。但是，胡兀鹫也随着一起往上飞，它们并不打算放过气球。

胡兀鹫越飞越近，有几只距离气球甚至不到50英尺远，它们根本就不怕肯尼迪手中的武器。

"我真想给它们来几枪。"猎人有些按捺不住了。

"不行！惹恼了它们，会更加刺激它们来攻击我们的。"

这时，胡兀鹫已经离得很近了。它们身长都在3英尺左右，翅膀白亮，因拼命尖叫而鼓起的脖子和因恼怒而竖起的紫色肉冠，已经可以看得清清楚楚了。

"它们一直在跟着我们,"看见胡兀鹫同气球一起上升,博士担心地说,"看来,升多高也没用,它们飞得比我们还高呢!"

"那怎么办?"肯尼迪问,"开枪吧!"

"肯尼迪,对你的枪法我毫不怀疑。可是,万一它们扑到气球上面一点儿,你就看不到了。而且它们还会把我们的气囊抓破,这样就麻烦了。我们现在可是在离地面 3000 英尺的高空啊!"

说话间,一只最凶狠的大鸟,张着嘴,伸着爪子,向"维多利亚号"俯冲过来,准备啄破和撕烂气球。

猎人敏捷地举枪就射,一只胡兀鹫被击中,旋转着掉了下去。其他的胡兀鹫听到枪声,吓得四散飞逃,但一会儿又疯狂地猛扑了过来。这时,肯尼迪又打掉了离得最近的一只胡兀鹫,乔打碎了另一只的翅膀。

"只剩下 11 只了。"他嘴里算着。

余下的胡兀鹫这时改变了攻击策略。它们一起飞到"维多利亚号"上面去了。果然,不久头顶上就传来一阵刺耳的撕裂声。三位旅行家马上感觉到吊篮在下沉。

"完了!"弗格森眼睛紧紧地盯住正在急速下降的气压表,叫道,"快扔压载物!快扔!"

眨眼间,所有的石英石都被扔光了。

接着,水箱里的水也被倒空了,胡兀鹫还是像海潮一样向他们迎来。转眼间,吊篮距乍得湖面不到 200 英尺了。

继而,装着食物的箱子也被扔了出去,坠落的速度放慢了,可是并没有停止。

"扔啊!再扔啊!"博士最后一次喊道。

"没有东西可扔了!"肯尼迪回答。

"有！"乔简单地答了一句，迅速地画了个十字，就翻出吊篮跳了下去。

"乔！乔！"博士惊慌失措地喊道。但是乔并没有听到他的呼喊。

"维多利亚号"减轻了负重，重新开始上升，一直到 1000 英尺的空中。风拼命往漏了气的气囊里灌，同时吹着气球向湖北岸飘去。

"他完了！"猎人绝望地说。

"为了救我们，他放弃了自己的生命！"弗格森补充道。

两位坚强勇士的眼中滚下了大颗的泪珠。

他们伏在吊篮边上往下望，极力搜寻乔的踪迹。但是风已经把他们吹得太远了，哪里还找得到乔的影子。

"现在我们怎么办？"肯尼迪问。

"只要有可能，就着陆吧！然后，等待……"

飞了 60 英里后，气球在湖北岸一块荒凉的地方停了下来。锚钩住一棵不太高的树，猎人下去把它牢牢固定住。夜幕降临了，但无论是弗格森还是肯尼迪，都整夜无法入眠。

尽管乔可能会遇到许多意想不到的危险，但
是博士和肯尼迪都坚信他还活着。

第二天，5 月 13 日，两位旅行家首先勘察了他
们所在的这块湖岸。这是一个小岛，处在
沼泽地中间，地面由硬邦邦的土构成。在这块坚硬的土
地周围，生长着像树一样高的芦苇，它们伸向远方，一
眼望不到边。这片沼泽地保证了"维多利亚号"的安
全，只需要监视湖岸这边就行了。东边的水面浩瀚无
垠，地平线上什么也没有，既没有一块陆地，也没有一
个小岛。

两位朋友一直没有勇气提起乔。最后，肯尼迪终于
打破了沉默。

"乔不会死的。"他推测说，"他那么聪明灵敏，又
是游泳好手，我们一定能再见到他的。"

"但愿上帝能听见我们的祈祷，"博士激动地回答，
"就算走遍天涯海角，我们也要找到乔！首先我们来定
一下方位。不过，要把'维多利亚号'外层的气囊先去
掉再说，它已经没用了，这样可以使我们减轻 650 斤的

硬邦（bāng）
邦：形容坚硬
结实。

博士不愿意抛
弃朋友的坚定
决心。

重量。"

博士和肯尼迪动手干了起来。这种波纹绸的材料非常结实，必须一块一块地扯下来，然后用刀割成细条从绳网中掏出来。上面被猛禽撕裂的口子有好几尺长。

这项工作至少花了 4 个小时，不过万幸的是里面的气球完好无损。这么一来，"维多利亚号"的体积比原来减小了五分之一。这种差别实在太大了，肯尼迪感到不怎么踏实。

"它还能带我们飞吗？"他担心地问博士。

"肯尼迪，别担心，我会把气球重新搞平衡的。只要我们可怜的乔一回来，我们就能和他一起照常上路了。"

"弗格森，我记得我们当时下坠的时候，离一个岛不远。"

"我也记得。那个岛肯定和乍得湖中所有的岛屿一样，也住着嗜杀成性的强盗。如果乔落到他们手中，除非他们迷信不敢杀他，否则的话，乔会怎么样就很难说了。"

嗜（shì）杀成性：嗜：特别爱好。这个词意思是以杀人为乐，并且成为一种可怕的习惯，说明了这些人的凶残、野蛮。

"乔是个善于摆脱困境的人，我相信他的机灵和聪明。"

说完，肯尼迪拿起一支双筒猎枪，向较近的一片矮树林走去。枪声频频响起，弗格森知道，肯尼迪肯定收获不小。

趁这段时间，弗格森忙于清点吊篮里剩下的东西和调整第二只气球的平衡。吊篮里还剩有 30 斤左右的干肉饼、一些茶和咖啡、约一加仑半烈酒、一只空空的水箱。

由于损失了外面大气球的氢气，"维多利亚号"的上升力减少了900斤左右。因此，博士必须根据这种不同情况，重建气球平衡。他花了整整一天时间做准备工作。这样，气球与周围的空气总算保持平衡了。

猎人的收获非常丰盛，他带回了一大堆野鹅、野鸭、沙锥鸟等猎物。他把这些野禽收拾干净后，用烟熏制。

第二天，天刚亮，博士就叫醒了肯尼迪。

"我仔细考虑了很久找回我们同伴的办法。"博士说，"首先，重要的是要让乔知道我们的消息。"

"怎么才能让他知道呢？"

"我们再坐上吊篮，然后升到空中去。"

"可是，如果风把我们吹走呢？"

"不会的，肯尼迪。风很小，可以把我们送回湖的上空，却不会把我们吹走。我们要在这片广阔的水面上飘一整天，乔就有可能看到我们。他说不定会想办法告诉我们他在什么地方。"

"如果他是自由的话，他肯定会这么做的。"

"即使是被俘虏，"博士接着说，"根据土人的习惯，他们是不会把俘虏关押起来的。这样，乔就可以看见我们，明白我们在寻找他。"

"可是，"肯尼迪说，"如果我们找不到任何信号，也见不着他留下的任何痕迹，那怎么办呢？什么情况都得考虑到啊。"

"那我们就回到湖的北部去，停在尽可能显眼的地

博士一直没有放弃搜救朋友的希望，并积极想办法。

方。我们就在那儿等着，搜索一下沿湖地带。乔肯定会有办法到达那儿的。一天没有找到他，我们就一天不离开这个地方。"

"那么，出发吧。"猎人急不可耐地说。

离开的时候，博士判定了一下他们的位置，应该是在和拉利城和安热米尼村之间。

气球始终保持在 200 至 500 英尺的高度上，肯尼迪还时不时地放上一枪。他们甚至冒险降低高度，仔细搜索每一处矮树林、灌木丛、荆棘丛。有时，他们甚至降到在湖上划行的长独木舟附近。独木舟上的渔民一看到气球，无不面露惧色，慌慌张张地跳入水中，游回他们的岛上去了。

但两个小时过去了，依然什么发现也没有。

"别泄气，肯尼迪。我们现在离出事的地方应该不远。"

11 点时，突然一股新气流将气球横着吹得向东飞了60 英里。他们来到了法拉姆岛，比迪奥姆的首府所在地。

他们期望着乔突然从某个灌木丛后跑出来，呼唤他们。如果乔是自由的，把他吊上气球就好了；如果乔被俘虏了，那就按救传教士的方法再来一次，他很快也能被救出来。然而，什么也没出现，什么动静也没有！这实在让人失望！

两点半，"维多利亚号"来到了唐加利亚村的上空。这个村位于乍得湖东岸，是丹纳姆当年探险时到的最远点。

"乔应该没有留在湖中的某个岛上。否则，他肯定能找到方法表明他在什么地方。也许他被带到了陆地上。"当博士又看见乍得湖北岸时，思想中产生了这样的推论。

否则：表转折关系的连接词，意思是：如果不是这样，那么……

至于乔可能被淹死了的想法，是根本不能接受的。弗格森和肯尼迪的脑海里几乎同时闪现出一个可怕的想法：这附近的水域中，有大量的凯门鳄呀！但是，谁也没勇气把这个顾虑说出来。不过，这种想法一直萦绕在他们的脑海。

他们非常不希望、但又非常害怕出现这样的情况。

下午5点钟左右，博士确认，他们到了拉利城的上空。城里的居民正忙着收棉花。棉花田被窝棚围着，这片窝棚有50栋左右，是用编好的芦苇盖成的，坐落在山谷中的洼地上。这时风力又加大了，不久风向又变了，把"维多利亚号"不偏不倚地送回早晨出发的地点，就是那个硬地岛的上空。这一次，锚没有钩到树枝，而是钩住了沼泽地里的几束芦苇。

博士费了很大劲儿才稳住了气球。

夜里，风终于停了。

但是两个人都没有睡意，他们几乎绝望了。

早晨3点钟，刮起了狂风。芦苇剧烈地摇摆，鞭打着气球的气囊，仿佛要撕裂它似的。"维多利亚号"停得离地面那么近，实在太危险了。

为了避开危险，弗格森决定暂时先离开硬地岛，但是即便要走，也不是那么容易。锚深深地钩在芦苇中，怎么也拔不出来。况且在这种情况下，取锚是十分危险的，因为很可能人还没有爬进吊篮，气球就飞走了。

博士不愿冒这个险，他把肯尼迪喊回吊篮里，然后，无可奈何地砍断了锚索。"维多利亚号"摆脱了羁绊，一下子往空中腾起了 300 英尺，随后一直向北飞去。

羁绊（jībàn）：缠住了不能脱身；束缚。

在空中，弗格森任凭风暴的摆布。他把双手交叉在胸前，开始苦苦地思索起他那忠诚的仆人：

"可怜的乔！多么善良的一个人啊！又诚实，又坦率！他没有钱，没有武器，他会怎么样呢？"

博士的担心与忧伤越发严重了。

"弗格森，我们回去吧！"

"对，回去！哪怕必须抛弃'维多利亚号'，哪怕不得不步行重返乍得湖，哪怕不得不和博尔努的苏丹打交道，我们也在所不惜！"

"弗格森，我跟着你。"猎人坚定地说，"我们一直找下去，不见到乔决不回去！他为我们牺牲了自己，我们也要为他做出牺牲！"

旅行中多次共患难，三人已结下了兄弟般的深厚情谊。

一致的看法使两位好友更加坚定。弗格森竭尽全力地寻找能把他们带回去的气流，但是他的努力失败了。在这光秃秃的大地上，在这狂暴的飓风中，就连把气球降下去也成了空想。

"维多利亚号"就这样掠过提布人居住的地区，飞越苏丹边境的荒原地带，进入了由无数骆驼商队留下连绵印迹的沙漠，飘过了阿拉伯人的宿营地。"维多利亚号"如流星一般在空中闪过，根本无法降落。3 个小时过去了，"维多利亚号"整整飞了 60 英里。弗格森无计可施，只好眼睁睁地看着气球疾速飞驰。

"我们要停停不了，要降降不下。难道说，我们又要穿越撒哈拉大沙漠不成？看来，老天是铁了心和我们作对了!"

正当这时北面的沙漠突然尘沙飞扬，空中升起云雾般的沙尘。在两股对流气团的冲击下，沙柱急速旋转。一支骆驼商队恰巧经过，立即被裹入这股旋风中。顷刻间，整个队伍被吹得七零八落，人仰驼翻，隐没在了沙暴之中。不大一会儿，黄沙聚成密集的沙团，原本平展的沙原上隆起了一个沙丘，形成一个埋葬着整支骆驼商队的大坟墓。

眼睁睁地望着这可怕的一幕，博士和肯尼迪变得脸色苍白。现在，他们的气球已无法控制。"维多利亚号"在对流气团中不停地打转，变换氢气的膨胀也不起任何作用了。两位旅行家虽然相距只有两尺远，却无法听清对方的话。他们死命地抓住绳索，尽力抵抗飓风的肆虐。

肯尼迪两眼无神，一言不发。博士依然保持着高度的镇定，看不出有丝毫的急躁不安。渐渐地，北风占据了优势，肯尼迪感觉到气球在顺着原路返回，飞行速度和来时一样快。

"我们这是去哪儿?"肯尼迪问。

"听天由命吧，亲爱的肯尼迪。上帝会帮助我们的!"

上午经过时还十分平展的地面，现在已经被飓风折腾得犹如汹涌的大海。沙漠中隆起一个个小沙丘。风依然猛烈地刮着，"维多利亚号"也仍在这片上空飞行，但是这一次，旅行家走的方向与早上有些不同。9点钟左右，他们没有看见乍得湖，眼前还是连绵不断的

生命的逝去就在转眼之间。在大自然面前，人类多么渺小!

对这两句二人表现的明确对比，呼应前文对二人性格和处事的态度。

沙漠。

"没关系。"博士说，"只要回到南岸就好。如果看到博尔努城、乌迪城或库卡城，我会毫不犹豫地把气球停下来。"

"但愿上天千万别让我们像那些阿拉伯人一样穿越大沙漠！那实在是太可怕了。"

"肯尼迪，这种事常常发生。穿越沙漠比横渡大西洋更危险，沙漠除了有大海里可能发生的所有危险外，还有难以忍受的疲劳和饥渴。"

"我觉得风好像变小了。"肯尼迪说，"应该用望远镜仔细看看。只要一看见树，我就马上告诉你！"

于是，肯尼迪拿起望远镜，站到了吊篮的前端。

眼睁睁看着生命就那样轻易逝去，依旧让猎人心有余悸(jì)。

▌情境赏析▐

经过这次气球旅行的探险过程中数次共患难，三位朋友间已结下了兄弟般的深厚情谊。当乔为了另两位朋友的安危，毅然决然地跳下气球，虽然他自己明明知道这样是九死一生，两位朋友在脱险后更是下定决心，甚至决心必要的时候牺牲自己，也要救出乔。

▌名家点评▐

我并不是不知道您的作品的科学价值，但我更珍重的却是它们的纯洁、道德价值和精神力量。

——（意）罗马教皇利奥十三世

乔艰难地寻找着气球的痕迹，最后不幸陷入
了一块沼泽地中，死神即将降临。

在 弗格森和肯尼迪徒劳地寻找乔的时候，乔究竟怎么样
了呢？

乔在钻出水面后，马上就仰脸朝天上望。他看见"维多利亚号"
已经升得很高了，而且还在继续上升。最后被一股较强的气流包住，
气球向北方飞去了。他的主人和朋友都得救了。

"幸亏我想到了跳乍得湖这个办法。"他暗暗地说。

接着，他开始考虑自己的处境。他现在在一个大湖中间，周围的
岛上住的全是些陌生的当地人，很可能都是些凶残的部落。

在跳下来之前，他就注意到地平线上有个岛，他决定往那儿游。
于是，他脱掉身上最碍事的几件衣服后，开始施展出全部的游泳本
领。一个半小时后，他与小岛的距离已大大缩短。但是，随着小岛越
来越近，他却越来越想逃离小岛。因为他知道沿湖一带常常有凯门鳄
出没，他对这种动物的贪婪一清二楚。说来也不幸，就在他离岸边不
到 200 米远的时候，一股强烈的麝香气味直冲他的鼻子。

"天啊！显然，凯门鳄就在附近。"

想到此，他急忙下潜，但还是没能及时避开。一个巨大的物体从

他身旁划过，乔以为自己要没命了，于是绝望地拼命游了起来。尽管他理智机灵，此时却非常的恐慌。他似乎听到身后传来了鳄鱼张开血盆大口的声音，好像正准备一口咬住他。突然，他觉得自己的一条胳膊被抓住了，随后又被什么拦腰抱住了。完了！乔开始拼命挣扎。

慢慢地，他感到有些不大对劲儿。鳄鱼吞吃俘获物时，是把猎物往湖底拖，而自己不仅没有被往下拽，相反却被往湖面上拉。

乔定眼一看，自己面前站着两名黑人。他俩用力地抓着他，嘴里还发出奇怪的喊叫声。

乔被拖上岸后，马上就被一群人围了起来。这群人中男女老少什么人都有，只不过他们的皮肤颜色都是黑色的。原来他到了比迪玛人的一个部落。

乔还没有弄清是怎么回事，就已经看出自己成了被崇拜的对象，周围的人群越挤越密，把乔围在中间。他们点头哈腰，一副讨好相，这个伸手碰碰乔的身子，那个触一触乔的衣服，显得十分亲切。他们还给乔献上了丰盛的供品，有酸奶，还有一种用碾碎的米掺上蜂蜜做的食品。乔风卷残云般地把东西吃了个一干二净。

傍晚时分，岛上的巫师们恭敬地搀着乔，把他领到了一幢茅屋里。茅屋的四周摆满了避邪物，堆积着大量的白骨。透过这道用泥巴和芦苇糊起的墙，乔可以真切地感受到外面的人们正在狂欢。如果在以前，他会对这种奇怪的仪式产生浓厚的兴趣。不过现在，他觉得非常郁闷，他不知道自己会不会被一直崇拜下去，也不知道黑人会不会喜欢把崇拜物吃掉。

尽管前景不容乐观，但身心的疲倦最终战胜了思想的悲观，于是他倒头呼呼大睡。如果不是他突然感到身下潮湿，这一觉也许会睡到大天亮。他发现，才一会儿的工夫，潮湿变成了水，而且水还在上涨，乔的半个身子都泡进了水里。

等他钻出茅屋，这才明白：原来，夜里小岛被水淹没了。

乔依靠乍得湖常有的现象获得了自由。看上去像岩石一样坚固的小岛，一夜之间就可以完全消失。乔对当地的这种情况并不知晓，不过他正好利用了这个天赐良机。他发现水上漂着一条小船，立即爬了上去。这是当地人常用的独木舟，一截中间部分被挖空的树干。船上正好有一对短桨。于是，乔便顺着一股激流漂下去。

乔利用北极星辨别了方向，并发现水流正把他冲向乍得湖的北岸。夜里两点钟左右，他踏上了湖的一个岬角。这里长满了非常讨人厌的带刺芦苇。好在旁边还有棵大树，刚好可以当床用。为安全起见，乔爬上了树。他在睡意蒙眬中等到了天亮。

赤道地区的天说亮就亮，干脆利落。趁着天亮，乔打量了一眼他藏身的这棵树。一幅恐怖的景象顿时使他毛骨悚然。树枝上密密麻麻地爬满了蛇和变色龙，连树叶都快被遮掩得看不见了，令人又害怕又恶心。乔纵身跳到了地上。

经历了这件事后，乔决定以后要当心一点儿。他根据太阳辨别了方向，决定动身朝东北走去。一路上，他一次又一次地望向空中，希望能看见"维多利亚号"。整整一天，他边走边找，一直没有见着气球的影子。不过，这并没削弱他对主人的信任。他又累又饿，但他还是根据自己的估计，向西走了30英里左右。他全身上下被划得皮开肉绽，双脚被扎得鲜血淋淋，走起路来钻心的疼，但是他忍受住了这些苦难。到了天黑，乔决定在乍得湖岸边过夜。

夜里，无数昆虫无情地叮咬着他。苍蝇、蚊子、长达半英寸的大蚂蚁简直漫天铺地。两个小时后，乔身上掩体的几件衣服，连块碎布都没剩下，全被昆虫吃掉了！这一夜简直成了噩梦。可怜的旅行家虽然疲惫不堪，但是连一分钟也没睡。而且一个晚上，灌木丛中野猪、野牛窜来窜去；湖水里，一种相当危险的海牛狂怒不已。黑暗中，野兽的叫声此起彼伏，无休无止。乔动也不敢动，十分恐惧。

天终于亮了，乔匆匆站起身来，大步跑到湖边洗了个澡。吃了几片树叶以后，他又顽强地上路了。这种顽强和执着，连他也无法说清楚。他已经麻木，感觉不到自己是在走路。

这时饥饿又开始折磨他。他的胃咕咕噜噜地直响，他只好扯一根藤蔓把肚子使劲儿勒住。好在到处都可以找到水喝。想起在沙漠里受的罪，他觉得不受干渴的折磨，实在是很幸运。

勇敢的乔在树林里不停地走着，突然他发现自己前后左右都是野人。他及时停下脚步躲了起来，总算没被看见。这些黑人正忙着用大戟植物的毒汁浸涂他们的箭头。这是当地土著人的重要事项，所以做的时候要同时举行一种隆重的仪式。

乔屏住呼吸，一动不动地藏在一簇矮树丛中。偶然间，他仰了仰脸。透过树叶的缝隙，他突然看见了"维多利亚号"，真真切切是"维多利亚号"！它正在他的头顶上方几乎不到100英尺的空中，正朝着乍得湖方向飞去。在目前这种状况下，乔既不能喊叫，也不能现出身来，只好眼巴巴地望着气球。

他的眼里噙着泪水，不是因为失望，而是因为感激。他知道主人正在找他！主人没有舍弃他！一直等到黑人离去，他才走出藏身地，向乍得湖边奔去。但是，此时"维多利亚号"已越来越远，最后消失在天际中。乔决定等着气球，它肯定会回来的。果然，"维多利亚号"回来了，然而却向东边飞去。乔向东跑去，挥动着双手，嘴里拼命喊叫。但是，一切努力都白费了，一股大风以无法控制的速度把气球刮跑了。

　　不幸的乔第一次感到了无助和绝望。他觉得，这回他没希望了，主人肯定是一去不复返了。他像个疯子一样，双脚鲜血淋淋，身上青一块紫一块，拼命地往前走。整整走了一个白天，直到夜幕降临，他仍没有停下来。他步履艰难，时而跪着走，时而用手爬。他渐渐地觉得自己没有力气了，几乎要死了。

　　他就这样慢慢地走着，天已经黑了，前边什么也看不见，他陷入了烂泥里。尽管他拼命地挣扎，想摆脱出来，但终究无济于事。他感到自己正一点点地陷入淤泥地里，几分钟后，他的半个身子已经沉下去了。原来，他不知不觉走进了沼泽地。

　　"这回死定了！唉！"他痛苦地想。

　　这位不幸的人猛烈地挣扎，但这只能使他越陷越深。周围连可让他抓住的一截树、一根芦苇都没有！他明白这一下完了！他闭上了眼睛。

　　"主人！主人！救救我……"他叫道。

　　但是，这绝望、孤独、微弱的呼喊声在黑夜中消失了。

第三十三章

完美的配合使空中营救计划大获成功。乔回到了大家的身边。

肯尼迪站在吊篮前，聚精会神地观察着地面。他发现有一群东西正在移动。到底是人还是动物，目前还看不大清楚。总之他（它）们跑得非常快，身后扬起了一片灰尘。

"弗格森，看那儿，好像在进行一场骑兵演习！"

博士看了看说："那是一队阿拉伯人或提布人。他们跑的方向和我们一样。可是我们的速度更快，很容易就能追上他们。半个小时后，我们就能看清楚了。"

肯尼迪又观察起来，几分钟后，他说："我完全看清楚了，那是些阿拉伯人，有50人左右。应该是一场骑兵操练，他们的头头在大队前面100多英尺远的地方领着，其余的人跟在后面。"

"肯尼迪，不管他们是谁，都没什么可怕的。必要时，我们可以升高点儿嘛。"

"等一下，弗格森！你瞧，那些阿拉伯人似乎并不是在跟随！没错！他们好像是在追捕什么人！跑在前面的根本不是什么头头，而是一位逃亡者！"

"逃亡者！"弗格森冲动地大叫。

"是的！"

这些骑马的人跑得非常快，可是还是被"维多利亚号"追得只剩下三四英里的距离了。

"弗格森！弗格森！"肯尼迪声音颤抖地呼喊道。

"什么事？"

"难道是幻觉吗？这可能吗？"

"你想说什么？"

猎人匆匆擦了擦望远镜的镜片，又举起来观察："弗格森，是他！"

一个"他"字就什么都明白了，完全不需要把名字说出来。

"可他在往前逃，看不见我们！"

"他马上就能看见了。"弗格森说着，减少了氢氧喷嘴的火头，"5分钟后，我们会降得离地面只有50英尺高。15分钟后，我们就会到他的头顶上了。"

"那些阿拉伯人呢？"

"我们追上去，超过他们！我们离他们不到两英里了，但愿乔的马还能挺得住。"

"天哪！乔！"随着肯尼迪的一声大叫，只见乔扑倒在了地上，显然，他的马已经筋疲力尽了。

"他看见我们了！他招手了！"博士喊道。

"可是，阿拉伯人就要追上他了呀……等等……嘿！多勇敢的小伙子！好样的！"猎人忍不住地叫道。

原来乔一跌倒，马上又站了起来。当最近的一个敌人策马向他冲来时，乔像只豹子似地纵身往旁一闪，避开来人。就在两人相错的一刹那间，乔飞身跃起坐到了骑马人的身后，随即用他钢铁般的指头，闪电般地卡住了那人的喉咙，掐死了他。然后，他把尸体推下马，继续向前狂奔。

阿拉伯人一心一意地追捕着逃跑者，根本没看见飞临身后的"维多利亚号"。气球离他们只有 500 步远，而且距地面几乎不到 30 英尺高。但阿拉伯人和乔之间的距离更近，只剩下不到 20 匹马的距离了。就在一位阿拉伯人追上了乔，正要把矛刺过去的时候，肯尼迪眼疾手快，一枪打中了他。阿拉伯人应声落马，摔到地上。

听到枪声，乔甚至没有回头。

一部分阿拉伯人看到"维多利亚号"后立即停止追捕，匍匐在尘埃中；另一部分人仍在追赶。

"乔干什么呀？他怎么不停下来？"肯尼迪着急地喊道。

"放心吧，肯尼迪。我明白他的意思了！他是在按气球飞行的方向跑。他希望我们能想办法！小伙子真聪明！我们从这些大胡子阿拉伯人的眼前把他救走吧！我们离他最多不到 200 步！"

"我们现在该怎么做？"肯尼迪问。

"你能抱得住 150 斤的压载物吗？"

"再重点儿也没问题。"

于是，博士把几个沙袋堆在肯尼迪的胳膊上，让他抱住。

"听我的命令，准备随时把这些压载物一下子扔出去！"

"没问题！"

这时，"维多利亚号"几乎飞到了阿拉伯人的头上，他们仍在死死地追赶乔。博士站在吊篮的前部，把绳梯展开，等着时机一到就扔下去。乔与追踪者之间始终保持着约 50 英尺的距离。"维多利亚号"很快超过了这群阿拉伯人。

"乔！当心！"博士声音洪亮地喊着，扔下了绳梯。梯子的最下面几格碰到地上，拖起一片灰尘。

听到博士的召唤，乔扭过身子，在他抓住软梯的一刹那间，博士连忙吩咐肯尼迪：

"快扔沙袋！"

轰！"维多利亚号"在猛然卸去比乔本身重得多的重量后，一下子升到了150英尺高的空中。气球摇晃得很厉害，乔紧紧抓住在空中晃来荡去的绳梯。待气球稳住后，乔向阿拉伯人做了个奇怪的手势，然后像个敏捷的马戏团演员，顺着绳梯攀进吊篮。他终于回到了同伴们的身旁。博士和肯尼迪一拥而上，把他紧紧搂住。

阿拉伯人又惊又恼地叫嚷起来，逃跑者竟然被空中来物救走了，而且气球很快地越飞越远。

"主人！肯尼迪先生！"乔说完，就因为过于激动和疲劳，昏了过去。

这时，肯尼迪还在狂喜地呼叫着："得救了，得救了！"

"当然了！"博士说着，已经恢复了往常的冷静。

乔几乎一丝不挂，两只手臂流着血，浑身上下青一块紫一块。所有这些都说明他吃了不少苦。博士给他包扎好伤口，把他抱到帐篷里睡下。

乔很快从昏迷中苏醒过来。在喝了一杯烈性酒后，他紧紧握住两位同伴的手，准备讲述他的遭遇。但是，博士和肯尼迪都不让他开口。不久，这位真诚的小伙子又进入了梦乡，显然他太累了。

这时，"维多利亚号"向西斜着飞去。在一股劲风的吹送下，气球又飞过长有多刺灌木的荒原，掠过被暴风吹倒或连根拔掉的棕榈树。自救出乔起，气球飞了将近200英里。傍晚时分，"维多利亚号"越过了东经10°线。

第三十四章

> 在陷入沼泽地之后，乔拼命地抓住了"维多利亚号"砍断的锚索，艰难地爬了出来。

夜里，风势缓和了下来，渐渐地停止了。"维多利亚号"的锚钩住一棵无花果树的树顶，气球稳稳当当地停在了空中。博士和肯尼迪轮流值班，乔安心地睡了整整一天一夜。

天亮后，"维多利亚号"随风向西飞去。博士手里拿着地图，辨认出他们飞过的是达迈古王国。该国的地势起伏不定，土地非常肥沃。村里的茅屋都是用长长的芦苇与马利筋树的树枝做成的。耕田里，高高地堆放着打好的粮食。

3位旅行家很快到了津德尔城上空。这儿有一个十分宽广的刑场，刑场中间高耸着一棵"死亡之树"。刽子手就守在树下，凡从树荫下经过的人，都要被吊死！

肯尼迪查看了一下罗盘，忍不住地说："哎呀！我们又向北飞了！"

"没关系！即使风把我们带到廷巴克图，我也没意见！还从来没有这么自在地完成过美妙的旅行呢！"

这时，乔已休息过来，重又露出他那欢快的笑脸。在两位同伴的强烈要求下，乔开始讲述他的冒险经历了。尽管他对所遭遇的事看得很开，但他说着说着，仍难免有几分激动。

　　最后，乔讲到自己陷入了沼泽地，发出最后一声绝望的呼喊时的情景。

　　他说："我以为自己死定了，主人。我拼命挣扎起来，我决不能就这么眼睁睁地让沼泽给埋了。就在这时，我依稀看见两步开外有个东西。原来是一截才断不久的粗绳头！我使出了最后一点儿力气，终于勉勉强强够到它了。我拉了拉，绳子还挺能吃住劲儿。我就拽住绳子往外爬。最后总算爬上硬地了！看了绳子的另一头，我惊讶地发现上面竟连着一个锚！我一眼就认出了那个锚！它是'维多利亚号'上的！我的'救命锚'！我马上明白，你们曾经在这里停留过！按照绳索的位置，我推测了一下你们飞行的方向，然后我就顺着找。我费了不少气力，总算走出了沼泽地。

　　"有了勇气，我的劲儿也来了。走了半夜，我离湖越来越远。最后，我到了一个很大的村子边。那里有一块围起来的草地，里面关着一些马，那些马很温顺。我什么也没想，跳上一匹马就往北猛跑。我骑着马跑过一块块庄稼地，穿过一簇簇荆棘丛，跨过一道道绿篱。我使劲儿赶着，吆喝着，逼它再跑快些。我一口气跑到了耕地的边界，往前一看，竟然是沙漠！这倒合我的胃口，因为可以看得更清楚，更远了。我时时刻刻希望看见'维多利亚号'在慢慢地飞着等我。但是，什么也没有。就这样跑了3个钟头后，我竟然傻乎乎地闯进了一个阿拉伯人的宿营地！这下阿拉伯人就开始追逐我了！以后的事，你们都知道了。'维多利亚号'跟在我后面，你们飞着把我救上来。瞧！这一切就是这么简单！"

　　"我亲爱的乔！"博士激动地说，"好样的！"

　　乔讲述他的经历的时候，气球已飞速地飞过了很长一段路程。这时，肯尼迪让两位同伴注意远方的一片矮房，看模样像是一座城。博士马上查了一下地图，认出这是达迈古国的塔热莱尔镇。

　　"我们又找到巴尔特博士走过的路线了。"博士说，"他当年就是在那儿与他的两位同伴理查逊和奥韦尔韦格分手的。理查逊走的想必是津德尔路线，奥韦尔韦格走的是马拉迪路线。你们还记得吗？这3位旅行家，只有巴尔特一人最后回到了欧洲。"

　　"这么说，我们正一直往北方飞吗？"肯尼迪问，"要知道这条路通向黎波里，也就是通向大沙漠。"

　　"我们不会飞那么远的，至少我希望是这样。肯尼迪，难道你就不想参观一下廷巴克图吗？"

　　"当然想啦。"乔插话说，"不看看廷巴克图，就不能算是到过非洲旅行！"

　　"你将成为看见这座神秘之城的第5位或第6位欧洲人。"

　　"好极了。"猎人说，"可是，我们还要往北走很长的路吗？"

　　"至少还需要150英里。"

　　"那么，我先睡会儿。"肯尼迪说。

　　"先生，您睡吧。"乔说，"我的主人，您也该学学肯尼迪先生，去打个盹儿。你们都需要休息，我折腾得你们连觉都没能睡。"

　　猎人在帐篷里躺下，弗格森仍待在他的观察位置上。

　　3个小时后，"维多利亚号"越过了高山连绵的多石地区。这儿是凯鲁阿人的地盘，和他们危险的邻居图瓦雷格人一样，凯鲁阿人也喜欢用棉布把脸裹住。

　　到晚上10点，"维多利亚号"已经顺利地飞行了250英里，最后它停在了一个大城市的上空。借着月色，隐约可以看见城市已经坍塌一部分。城里耸立着一些清真寺的尖塔，它们静静地沐浴在皎洁的月光中。博士观察了星星的方位，判断出他们现在是在阿加德兹上空。

　　"维多利亚号"在黑夜中没有被发现。它悄悄地降落在距阿加德兹以北两英里的一块宽阔的黍田地上。一夜无事。

> 经历了种种磨难，新"维多利亚号"没有以前那么坚固了。于是博士决定连夜赶路，飞向尼日尔河的源头。

5 月 17 日那一天平静地过去了。

沙漠又开始出现了，一股和风把"维多利亚号"往西南方送去。它不偏不倚地飞着，影子在沙地上画出一条笔直的线条。

出发前，博士慎重地补充了储备水。海拔 1800 英尺的高原向南逐渐倾斜，地势越来越低。从阿加德兹到穆尔祖克，有一条由骆驼长年行走踏出来的道路。旅行家们横穿过这条道路，晚上到了北纬 16°，东经 4°55′的位置。

白天，乔精心烧制了最后几块野味。当初肯尼迪只把这些肉做了一下简单的加工，乔则把他们烧烤得香喷喷的。风很合适，月色迷人，博士决定连夜赶路。"维多利亚号"升到了 500 英尺的高度。月光下，气球稳稳当当地飞行了约 60 英里路。

"我们离海岸还很远吗？"乔问。

"离哪个海岸，小伙子？我们怎么知道命运将把我们带往何处？我能告诉你的，就是还要往西 400 英里才是廷巴克图。"

"我们要花多少时间才能到那儿？"

"如果一直顺风的话，我估计星期二傍晚可以到。"

"这么说，我们比那支骆驼商队到得早。"乔边说边指着下面拉成长队在沙漠里蜿蜒前行的人和骆驼。

弗格森和肯尼迪俯身向下看，只见下面走着一支庞大的商队，其中光骆驼就有 150 多头。这支队伍是从廷巴克图到塔菲莱去的。每头骆驼背上大约 500 斤的货物，可以让队伍中的每个人赚 12 个金穆特卡尔。每个骆驼的尾巴下面都挂着一个小袋子，那是用来收集骆驼粪的，因为在沙漠中，骆驼粪是唯一可靠的燃料。

图瓦雷格人的骆驼品种是最优良的。它们可以 3 天甚至 7 天不喝一口水，或者两天不吃一点儿东西。它们跑起来比马还要快，而且聪明、听话，服从向导的指挥。在当地提起"梅阿利"，没有人不知道的。

那群男女老少在流沙中艰难地跋涉。地面上凋谢的枯草和孱弱的灌木丛疏疏落落，沙子不住地流动着。队伍刚一走过，地上的足迹立即就被风沙掩平了。乔不明白阿拉伯人在茫茫沙漠中怎么能知道往哪儿走，如何找得到散落在无垠荒僻处的水井。

"大自然赋予了阿拉伯人最优秀的辨路本能。"博士说道，"欧洲人弄不清方向的地方，他们毫不犹豫地就能辨清东西南北。一块毫无意义的石头、一粒石子、一丛小草、沙子颜色的细微差异，这些都足以使他们清楚自己该往哪儿走。夜晚，他们就根据北极星来认路。他们每小时前进不超过两英里，而且中午最热的时候，还要停下来休息。这样，你们可以估计出，穿越 900 多英里的撒哈拉大沙漠，他们需要花多少时间了。"

此时，"维多利亚号"已经从阿拉伯人惊讶的目光中消失了。看到气球飞得那么快，这些阿拉伯人不知道有多羡慕呢。天黑时，"维多利亚号"飞过了东经 2°20′地区。整个晚上，他们又走了 1°多的路。

星期一，天气完全变了，大雨哗哗地下了起来。气球和吊篮淋湿后重了不少，"维多利亚号"既要顶住滂沱大雨的袭击，又要对付气球额外增加的重量。这无休止的大雨使得这一地区形成了许多沼泽地和泥塘。地面上又出现了金合欢树、猴面包树、罗望子树和其他植物。

"很快，我们就能看到尼日尔河了。"博士说，"越靠近大河，地貌变化越大。这些奔腾不息的大河就像是一条条推动社会发展的'前进大道'。它们每到一地，首先带去植物，然后送去文明。可以说，尼日尔河在它 2500 英里长的行程中，孕育了非洲最大的城市。"

中午时分，"维多利亚号"从一个小镇上空飞过。小镇名叫加奥，过去曾是一个重要的首府。现在，镇上只有几座破旧的茅屋。

"巴尔特博士回廷巴克图时，就是从这儿横渡尼日尔河的。"博士指出，"这就是那条在古文化中大名鼎鼎的大河。它可以与尼罗河相媲美，异教徒说它是从天上流下来的。同尼罗河一样，尼日尔河也得到了许多地理学家的关注。许多人为考察尼日尔河献身，人数可能比为考察尼罗河而牺牲的还要多。"

尼日尔河在辽阔的河岸中流淌，奔腾不息的河水向南方流去。但是，3 位旅行家还没来得及看清河的轮廓，就被风吹走了。

"我想跟你们说说这条河。"弗格森说，"可惜它已经离我们很远了！这条河的长度几乎和尼罗河相同，它流经很大一片地区。这条河有很多别名，有的地方叫它'迪乌勒巴'，有的地方叫它'玛约'，也有的地方叫它'考拉'，当然还有其他一些叫法。这些名字都是'大河'的意思，只是流经的地区不同，因而叫法不同罢了。"

"巴尔特博士走过这条路线吗？"肯尼迪问。

"没走过。他离开乍得湖后，经过了博尔努的一些重要城市。从加奥城再往南 4°，有一个地方名叫'塞'，他就是在那里过的尼日尔河。随后，他深入到了尼日尔河河湾里，那片从未被考察过的地区。

又经受了 8 个月的磨难之后，巴尔特才抵达廷巴克图。如果风还大些的话，他走的这些路，我们用不了 3 天就能飞完了。"

"人们发现尼日尔河的源头了吗?"乔问。

"很早以前就被发现了。"博士回答说，"勘探尼日尔河与它的支流吸引了许多探险队。我可以把一些主要的探险队说给你听听：1749 年到 1753 年，亚当森查看了这条河，并游览了戈雷岛；1785 年到 1788 年，戈尔贝利和杰弗罗伊穿过了塞内冈比亚的沙漠，并一直走到了摩尔人的国家；此后，还来了大名鼎鼎的蒙戈·帕克。在这块土地上，照样牺牲了很多勇敢的欧洲探险家。"

"这个可怕的结局难道就没能阻止其他的探险家吗?"

"肯尼迪，正好相反，因为当时人们不仅要了解这条河，还要找到这些旅行家们留下的资料，所以从 1816 年起，伦敦又组织了一支探险队。这支探险队中还有格雷少校，但是他们收获不大。1822 年，莱恩少校考察了毗邻英属领地的整个西非部分，也正是他第一个到达了尼日尔河发源地。根据他的资料来看，这条河的源头部分好像不到两英尺宽。"

"跳过去很容易嘛。"乔不屑一顾地说。

"哪有那么容易!"博士反驳道，"根据民间传说，无论谁试图跳过源头，谁就会立即掉进水里淹死。因为凡是想从源头里取水的人，都感到有只无形的手在背后推他。"

"可以不相信这些传说吗?"乔问。

"可以。5 年后，在廷巴克图以北几英里的地方，莱恩少校被当地人勒死了，因为那些人想逼他改信伊斯兰教，他坚决不从。"

"又一位牺牲者!"猎人叹息道。

"之后，有一位勇敢的年轻人靠着自己的一点儿钱，开始从事而且最后完成了现代探险中最惊人的一趟旅行。他就是法国人勒内·卡耶，他是第一位把非洲的准确资料带回来的欧洲人。在非洲的 19 个月里，尽管生病就占了 180 天，他还是由东到西横穿了整个非洲。唉！如果卡耶出生在英国，他肯定会获得现代最勇敢旅行家的美誉！与蒙戈·帕克齐名！但是在法国，他却没能得到应有的重视！"

"真是好样的！"猎人称赞道，"他后来怎么样了？"

"由于积劳成疾，他 39 岁就去世了。人们认为给他颁发了 1828 年地理学会奖就够了。倒是在英国，他获得了当时最高的荣誉！再说，就在他做这趟无与伦比的旅行时，一位英国人也开始了一个探险计划。他的勇气丝毫不亚于卡耶，但是却没卡耶那么幸运。这位英国人就是克拉珀顿上尉，丹纳姆的同伴。1829 年，他甚至还在布萨发现了与蒙戈—帕克之死有关的资料。8 月 20 日，他抵达萨卡图。在那儿，他成了当地人的俘虏。然后他死在了他忠实的仆人理查德·兰德的怀里。"

"这位兰德后来怎么样了？"乔感兴趣地问。

"他最终回到了伦敦，并带回了上尉遗留下的文件和他自己旅行的精确笔述。他向政府提出愿为国家效劳，完成对尼日尔河的考察工作。他与他的兄弟约翰结成同伴前往非洲，他们都是出身贫寒的科努尔人。1829 到 1831 年，两人从布萨沿河而下，一直到了尼日尔河的河口，详细记下了这段河流的全部情况。"

"那么，这两兄弟跨过了尼日尔河的源头吗？逃脱了像传说中描述的那种不幸命运了吗？"肯尼迪问。

"是的，越过了，至少这一次探险他们平安返回了。但是，1833 年理查德第 3 次去尼日尔河旅行时，在河口附近，被莫名其妙飞来的一颗子弹击中身亡。朋友们，你们瞧，我们飞越的这块土地是许多旅行家做出崇高奉献的地方，而他们得到的回报，却往往是死亡！"

第三十六章

气球飞抵了廷巴克图，这儿曾经是非洲文明的中心。

星期一，天气阴沉。

地面相当平坦，飞行没有遇到任何妨碍他们前进的高山峻岭，唯有那可恶的东北风令博士不安。风迅猛地刮着，把他们吹得离廷巴克图越来越远。

尼日尔河在北部流到廷巴克图后，犹如一股喷泉射出的水柱，在地上划出一个大大的弧线，接着又分成一条条支流，向大西洋流去。这个河套地区，大自然的景色变化多端，一会儿是肥壤沃土，一会儿是不毛之地。过了玉米地，就是荒芜的平原，过了荒原，又是大片长满灌木的旷野。各种各样的小鸟、鹈鹕、野鸭、翠鸟，成群结队地栖息在河岸和洼地上。

到晚上 8 点左右，"维多利亚号"已经往西飞了 200 多英里。这时，3 位旅行家看到了一幅美妙的图景：几道月光透出云缝，划过雨帘，洒落在绵延不断的洪博利山脉上。没有比这些玄武岩山峦更奇特的了！在阴暗天空的衬托下，它们显示出神奇的轮廓，像北冰洋的浮冰，又像是传说里中世纪某个大城市的废墟。

"看啊，这简直是'尤多尔夫的奥秘'中的一个景色。"博士说，

"安娜·拉德克利芙也未必能描绘出比这更可怕的场面。"

"维多利亚号"又向北飞去。5月20日早晨，气球飞过尼日尔河支流上空。这里大大小小的河流纵横交错，织成了一张蜘蛛网般的水网。河里长满了茂密的青草，像一块块草肥水美的牧地。在这里，博士找到了巴尔特走过的路线。当年，巴尔特博士就是从这儿上船，去往廷巴克图的。尼日尔河这段支流宽800托瓦兹，河两岸全是罗望子树和十字花科植物。成群结队的小羚羊蹦蹦跳跳，弯曲的犄角在高草中时隐时现。虎视眈眈的钝吻鳄，静静地伏在草丛深处，正等候着它们的到来。

下午两点钟左右，廷巴克图这颗沙漠明珠终于出现在旅行家们的眼前。神秘的廷巴克图和雅典、罗马一样，以前曾有过许多学者贤人，文化气息非常浓厚。

从空中俯瞰，廷巴克图城就像一堆游戏用的弹子和骰子。街道相当狭窄，路两旁全是些用土坯建造的平房、草屋和芦苇棚。这些房子有些是圆锥形的，有些是方形的。一些手握长矛或火枪、身穿鲜艳长袍的居民，懒洋洋地躺在平台上。这个时候，街上一个女人也没有。

"听说这儿的女人很漂亮。"博士说，"你们看这3座清真寺的尖塔。它们是众多寺院中仅存的3个了。廷巴克图已经失去了往日的辉煌，走向了衰落！在城区三角形的顶端，耸立着桑科尔大清真寺。清真寺的拱顶上绘着精美图案，支撑着寺里一排排游廊。离桑科尔大清真寺稍远些，是西迪叶海亚清真寺和一些两层的房子。这里找不到宫殿和纪念碑。这里的酋长只是个普通的商人，所以，他的官邸不过是个商行罢了。"

"我好像看到了一些断壁残垣。"肯尼迪说。

"那是1826年被富拉尼人毁掉的。那时的城市要比现在大1/3呢。廷巴克图从11世纪起就是人人觊觎的对象，它先后曾归图瓦雷格人、桑海人、摩洛哥人和富拉尼人所有。该城曾是一个重要的文明中心，可惜现在竟成了中非的一个贸易中转站。"

的确，这座城市似乎被人遗弃了。

当"维多利亚号"经过的时候，城里出现一阵骚动，鼓声顿时响起。然而，恐怕大家还没来得及观察这个新奇的现象，气球就在沙漠来风的吹送下，又飞回尼日尔河的上空了。很快，廷巴克图就变成了他们旅行中的回忆之一。

"现在，就看上天要把我们往哪儿带了！"博士说。

"唔！不管气球到哪儿，我都不在乎！"乔大大咧咧地说。

"乔，不管到哪儿去，首先得有这种能力。"

"难道我们没有吗？"

"我们现在缺的是气。气球的升力在逐渐减小。要想它把我们带到海岸，就得特别节省气体。我甚至在想，是不是得扔掉压载物。看来，我们太胖了。"

"这都是无所事事的缘故！我们整天像个懒汉似的躺在吊床上消磨光阴，当然要变胖了。没想到，我们竟做了一次懒汉旅行！等回去时，大家一定会觉得我们又肥又胖。"

"真不愧是乔的想法。"猎人插话说，"等看到结局再说吧！你怎么知道上天给我们安排了什么样的命运？我们的旅行还没有结束呢。弗格森，你认为我们会到非洲的哪个地方？"

"肯尼迪，我也不知道，风向变幻不定。如果我们能到塞拉利昂和波唐迪克之间的海岸，那就太幸运了。在那儿，我们甚至可以遇到一些朋友。"

"那我们现在是在往想去的方向飞吧！"肯尼迪说。

"不完全是，你瞧瞧罗盘，我们正去往尼日尔河的发源地。"

博士没有说错。第二天一早，大伙儿醒来时却发现他们已经到了尼日尔河畔，这里离德波湖不远了。

天边突然出现乌云，原来是由数不清的蝗虫组成的"飞蝗军团"。

到这儿，尼日尔河被一些大岛分裂成许多河面狭窄、水流湍急的支流。其中一个大岛上建着几所牧羊人住的陋屋。但是，根本不可能对这块地区做精确测量，因为"维多利亚号"的速度一直在加快，一会儿的工夫就飞过了德波湖。

弗格森一面尽量使气体膨胀，一面尝试着变换气球高度，以便在大气层中寻找合适的气流。但一切都徒劳无功。而且这种尝试使气囊老化的内壁压力加大，气体泄漏得更多了。

博士虽然一句话没说，但心里非常不安。这股风一个劲儿把他们向非洲南部地区刮去。弗格森的全盘计划都被打乱了。如果他们到不了英国或法国的属地，而是落到了几内亚沿岸的野蛮人手里，他们的命运会怎么样呢？在那儿怎么能指望有船回英国呢？目前，风向正在把气球吹向达荷美王国，那里的部落更野蛮。如果被他们抓住，只有任凭国王处置了。那儿的国王非常残暴，每逢大型节日，他都要杀几千人来做祭祀！在那儿他们死定了！

另一方面，气球眼看着瘪下去，博士已感觉到它就要带不动他们了。这时，天气有所好转，他期盼气流能有所变化。而恰恰这时，乔的几句话又使他心中忐忑不安起来。

"嘿!"乔叫道,"瞧,要下雨了。根据那块乌云移动的速度来看,这场雨小不了!我还从来没有见过这样的乌云呢,"乔证实说,"它的边棱笔直笔直的!"

博士放下手中的望远镜,松了一口气说:"那不是乌云,而是一大群飞蝗。"

"飞蝗?"

"是的,几十亿只蝗虫龙卷风般地正要从这个地区飞过。这一带可要遭殃了,地上所有能吃的全会被吃得一干二净。"

"我倒想见识见识!"乔有些不相信。

弗格森说得一点儿不错。这群飞舞的蝗虫黑压压地占了方圆好几英里。它们发着嗡嗡的喧嚣声,将它们巨大的阴影投在地面上。这些被称为"蝗虫"的害虫,多得不计其数,组成了一支浩浩荡荡的飞蝗军团。在距"维多利亚号"100步开外的地方,向绿油油的田野扑去。一刻钟后,蝗虫飞走了。3位旅行家远远望去,只见树、灌木丛全都光秃秃的;原本青草茂密的牧场犹如被割过一般,偌大一片原野顷刻间变得荒芜凄凉,好像冬天来临了似的。

"真是太可怕了,"猎人说,"而且比冰雹的摧毁力更可怕。"

"甚至连预防都不可能。"弗格森说,"有时,人们想用烧毁树林和庄稼的办法来拦住这些昆虫,不让它们飞过。可是前面几批蝗虫扑到火中被烧死了,火也就被扑灭了。后面的蝗虫势不可挡地继续前进。好在这一带地区有一种补偿蝗灾的办法:当地人大量捕捉这种昆虫,然后津津有味地吃掉它们。"

临近黄昏时,气球下面的沼泽地多了起来。树林渐渐被小树丛代替,河畔地区有一些长着烟草和乌草的大块洼地。这时,在尼日尔河的一个大岛上,出现了热内城和土质清真寺的尖塔。城里的墙上密密麻麻地筑着燕巢，空气中弥漫着一股恶臭味。房舍间夹杂着一些猴面包树、金合欢树或椰枣树，伞状的树冠伸出了房顶。即使在夜间，城里也十分热闹。热内不愧是座繁华的商业城，它供给着廷巴克图的一切需要。

"朋友们，现在好像转成东风了，这种机会不能放过。"

博士说完把空瓶子、盛肉的空箱子等一些已无用的东西扔出了吊篮，他成功地把气球保持在了最有利的气层里。清晨4点钟，他们来到了朝霞初照的塞古城，这里是邦巴拉的首府。由于风速很大，还没来得及看清当地的居民，3位旅行家就已经越过该城，径直向西北方快速飞去。到这时，博士忐忑不安的心情才渐渐平息下来。

"如果方向不变的话，用这个速度飞下去，再有两天我们就能抵达塞内加尔河了。"博士计划着说，"到了那里后，万一'维多利亚号'飞不动了，我们还可以去法国殖民地！但是，只要气球还能坚持几百英里，我们就能一路轻轻松松、平平安安地到达西海岸！"

"到那时，整个旅行也就结束了！真可惜！"乔有些依依不舍地说，"要不是还可以给人讲述我们旅行的乐趣，我永远都不想着陆！"

第三十八章

由于漏气，气球无法修补。旅行者们只好扔掉所有能扔的东西。

5 月 27 日，早上 9 点左右，大地呈现出一副崭新的面貌。缓缓倾斜的地面变成了丘陵，这预示着离高山不远了，大家只有越过横在尼日尔河和塞内加尔河之间的这条山脉了。

一直到塞内加尔，这部分都被认为是危险地区。在这块黑人的土地上，那些探险家曾经遭受过无数次的洗劫，也曾碰到过无数次的危险。

但是，他们已经没有时间休息了。"维多利亚号"明显地越飞越低，他们不得不再扔掉许多不是很有用的东西，尤其是在飞越一座山峰的时候。就这样，气球又前进了 120 多英里。气球忽升忽降，把大家折腾得疲惫不堪。气球的形状越来越细，越拉越长，风吹在松松的外壳上弄出了许多大皱褶。

博士说："天气太热了，橡胶显然已经老化或熔化，所以氢气从塔夫绸布缝里漏跑了。"

"怎么才能不让它漏气呢？"

"没办法。只有尽量拖延下去，这是唯一的方法了。现在把能扔的都扔了吧。"

"哪里还有什么可扔的了？"猎人望望几乎已经空了的吊篮说。

"把帐篷拆下扔掉吧。光是它就重得很。"

乔听到吩咐,立即爬到系着网索的圆环上,取下厚重的帐篷帘布,扔出了吊篮。

这时,气球稍稍上升了一点儿,但是很快又向地面靠近。

"现在把不必要的东西全都扔了吧。无论如何,我们也不能在这附近着陆。我们眼下飞过的这片树林,可一点儿也不安全。"

"什么?有狮子,还是有鬣狗?"乔一脸蔑视地说。

"比这更可怕。这里有人,而且恐怕是非洲最残酷的人。1854年,在塞内加尔富塔城,有一位伊斯兰教圣人阿尔—哈吉,他自称和穆罕默德一样受到了神的启示。他鼓动所有的部落对不信伊斯兰教的人,也就是对欧洲人,发动一场战争。这场动乱使得塞内加尔河与支流法莱梅河之间的所有地区,都遭到了蹂躏和破坏。这里就是他和他的那帮强盗躲藏的地方。我肯定地告诉你们,落在这伙人手里,绝不会有好事的。"

"我们不会落到他们手里的。"乔说,"哪怕把东西都扔光,哪怕连脚上的鞋子都不剩,我们也要把'维多利亚号'再升上去。"

"我们离塞内加尔河不远了。"博士宣布,"不过,我预计气球应该不能把我们带过河了。"

"总可以带到河边吧。"猎人说,"能到那儿也行。"

"这正是我现在力争要做到的。"博士答道,"只是有一件事让我很担心,我们还要越过几座大山才行。这很难,因为我无法再使气球的升力增大,即使烧得最热也不行。"

"可怜的'维多利亚号'!"乔感慨万分,"和它分手,我还真舍不得!它毕竟忠实地为我们服务过。要我抛弃它实在于心不忍。"

"即使抛弃它,那也是迫不得已。我们的'维多利亚号'将为我们耗尽最后一点儿力。现在,我还需要它再飞上24个小时。"

"弗格森,地平线那儿应该就是你说的那些大山了。"

"是的，"博士举起望远镜查看后，证实道，"看来这些山很高，恐怕我们很难飞过去。你瞧它们多大啊，差不多占了地平线的一半了！除了从上面飞过去，别无选择。"

大风拼命地刮着，猛推着'维多利亚号'向锐利的山尖扑去。现在必须不惜一切代价把气球升高，否则就要撞上去了。

"把水箱的水倒空，"弗格森吩咐道，"只留够一天的就行。"

"好的！"乔应道。

"气球升了吗？"肯尼迪问。

"一点点，50英尺左右。"博士答道，眼睛紧紧地盯着气压表。"不过，还不够。气球还要上升500多英尺才行。"

他们又扔掉了水箱，这时"维多利亚号"又往上升了20托瓦兹左右，但是大山仍然高出气球200多英尺。

"如果我们的高度超不过它，再过十分钟，吊篮就会在岩石上撞得粉碎！"博士暗暗说。

"把肉饼留下，其余的肉全扔掉吧！"

气球又减少了350斤左右的负荷，明显升高了些。但是问题仍没有彻底解决，气球的高度还是达不到。情况非常危急，"维多利亚号"以很快的速度向前移动，仿佛就要被撞得四分五裂了。

博士打量了一下四周，吊篮里几乎什么也没有了。

"肯尼迪，如果需要的话，你得忍痛割爱，把武器献出去。"

"什么？要扔我的武器？"肯尼迪嚷道。

"你的枪支弹药能换来我们的命。"

"靠近了！靠近了！"乔喊道。

"肯尼迪，"博士急促地喊道，"把枪扔了，要不我们全完了。"

"等一下，肯尼迪先生！"乔叫了一声，"请等一下！"

听到喊声，肯尼迪扭过头来，只见乔已经在吊篮外面消失了。

"乔！乔！"肯尼迪大声呼唤。

这部分山脊宽 20 来英尺。另一侧的山坡倾斜度更小。吊篮的高度正好与这块相当平坦的高台持平。它擦着咯吱作响的尖石地面飞了过去。

"过去！过去！我们过去了！"

吊篮外面传来几声喊叫。弗格森听见，高兴得心都要跳出来了。原来，勇敢的小伙子用手抓着吊篮的外沿，脚踏着山顶在跑呢。他这样做就把自身的重量从吊篮里减去了，他甚至不得不牢牢抓住吊篮，因为气球总想往上升。跑到另一侧山坡时，前面出现了深渊，乔双臂一使劲儿，麻利地爬进吊篮，回到了同伴身边。

"乔！我的朋友！"博士激动地说。

肯尼迪紧紧握住乔的手，一句话也说不出来。

"维多利亚号"现在又降下去了，很快，气球降到离地面 200 英尺高的位置，于是一切恢复了平衡。大地好像在痉挛似的，高高低低，凸凹不平。夜间，乘着这样一个不听使唤的气球飞行，很难说不会撞到哪儿。天很快黑了下来，尽管不愿意，博士还是决定停下来休息，等第二天天亮后再走。

"我们得找个合适的地方停下。乔，把锚抛下吧。"

乔立即照办，两个锚垂到了吊篮下面。

"我看见前面有一大片森林。"博士说，"我们飞到它们上面去，到时候，锚会挂住某棵树的。我们就在那里过夜。"

"我们能下去吗？"肯尼迪问。

"下去有什么用？我再跟你说一遍，我们分开会很危险的。况且，我还要请你们帮忙做一件十分棘手的事情。"

"维多利亚号"经过浩瀚的森林上空，突然停住了，锚钩住了某棵树。

随着夜幕的降临，风停了下来。气球一动不动地悬在这片绿色的海洋上空。

第三十九章

为了对付旅行者们，野人们在森林里放起了火，博士当机立断斩断了锚索。

弗格森博士开始根据星星的高度来测量他们的位置。他们离塞内加尔还有将近 25 英里。

"朋友们！我们唯一可做的，就是渡过这条河！"博士在地图上标出记号后说，"河上既没桥也没船，因此我们只能乘气球过去。为此，我们还应该再减轻气球的载重。"

猎人认为，该轮到他也为同伴们牺牲一次了。

"可是，我实在看不出我们还有什么可扔的。"猎人回答，他是在为他的枪担心，"除非我们中间有一个人牺牲自己。好啦，该轮到我了，我请求给我这份荣誉。"

"不行，肯尼迪先生！"乔抢着说，"我去。"

"我不是说我要从吊篮里往下跳，而是步行到非洲海岸。我善于走路，打枪也很在行……"

"我决不同意！"乔坚定地说。

博士希望大家团结一致，共渡难关。

"亲爱的朋友，你们的牺牲精神的确很高尚。可是现在争论这些没用。"弗格森博士说话了，"别说我们还没有到那一步，就算真的非这么做不可，我们也决不分离，一起留下步行穿过这个地方。"

"说得太对啦！"乔叫道，"一次小小的散步对我们没有什么害处。"

"不过在此之前，我们还要做最后一搏，把我们的'维多利亚号'变得更轻些。"博士说。

"怎么搏？"肯尼迪问，"你还有什么高招？"

"我们可以把带氢氧喷嘴的箱子、本生电池和蛇形管通通去掉。这些东西加起来差不多有 900 斤重呢！"

"不过，弗格森，你以后怎么使气体膨胀呢？"

"我不让气体膨胀了，我们放弃这种办法。"

"可是，毕竟……"

"听我说，朋友们。我已经精确地计算过现在剩下的升力了。它足以把我们三人加上剩下的一点儿东西带走。包括两个锚在内，我们的总重量不到 500 斤。"

"亲爱的弗格森，"猎人说，"你说怎么干都行，我们只管行动。"

这可不是一件小事。设备的部件必须一个个地拆下来，先去掉气体混合箱，然后卸装氢氧喷嘴的加热箱，最后取下水分解箱。这些容器都牢牢地嵌在吊篮最下面。乔的手脚灵巧，弗格森脑筋转得快，他们最终完成了大部分的工作。各种各样的部件都扔了下去，把下面的树林砸坏了一大片，最后吊篮全空了。

"在林子里看见这么多稀奇古怪的玩意儿，黑人肯定会很惊讶的。"乔说，<u>"他们说不定会把这些东西供起来呢！"</u>

甩掉了沉重的包袱，气球重新笔直地悬在了空中，把锚索绷得紧紧的。

午夜时分，尽管一个个筋疲力尽，所有的工作总算完成了。大家匆匆吃了些干肉饼，喝了点儿冷酒凑合了一下。两位同伴毫不客气，立即摊手摊脚在吊篮里躺下来，很快进入了梦乡。

夜晚一片宁静，昏淡的月光几乎难以冲破茫茫黑暗。弗格森倚着吊篮，时时环顾四周，观察着脚下树叶中的动静。因此哪怕一丁点儿响动，甚至树叶轻微的沙沙声，他也要弄个明白。克服了那么多的艰难险阻，旅行终于接近了尾声。在即将抵达目的地之时，弗格森反而更加担心，更加紧张了。

此外，目前的处境也实在让人放心不下。他们正待在野蛮人生活的地区，而且他们使用的交通工具随时可能飞不动了，虽然博士并不指望气球能把他们安全地送到目的地。由于脑子里想得太多，博士甚至产生了幻觉，有时觉得森林中传来了嘈杂声，有时甚至看到树林中闪了一下火光。他急忙举起夜间望远镜朝那个方向查看，但是什么也没出现，周围甚至更加宁静了。他稳了稳神仔细倾听，附近一丁点儿声响也没有。值班的时间已经过去，便叫醒了肯尼迪，叮嘱他一定要高度警惕，然后在乔身边躺下。此时，乔正睡得像个死人似的。

肯尼迪使劲儿揉了揉眼睛，平心静气地点上烟斗。他的眼皮沉重得几乎抬不起来。他靠在吊篮的一角，为了驱赶睡意，开始抽起烟来。

他的周围弥漫着一片无涯的寂静。微风拂动着树梢，仿佛在给这位困得不支的猎人催眠。阵阵睡意袭

筋疲力尽：形容非常疲劳，一点儿力气也没有了。

博士时时不忘保持高度警惕。

无涯（yá）：涯：水边，泛指边际。无涯是无边无际。这里是比喻的说法，形容寂静就像大海或太空一样无边无际。

来，肯尼迪不由自主地闭上了眼睛。

他到底睡了多久，连他自己也不知道。蒙眬中他突然被噼里啪啦的着火声惊醒了。他揉揉眼睛，直起身。一股热浪扑面而来，树林成了一片火海。

"救火呀！"他急促地喊道，还不太清楚究竟发生了什么事。

两位同伴听到喊声，立即跳了起来。

这时，被火光映得通红的树下发出了一片吼叫声。

"野人！"乔惊叫道，"他们把树林点着了，他们想烧死我们！"

"这些该死的塔利巴人！他们是阿尔—哈吉手下的亡命之徒！"博士说道。

"维多利亚号"被火光团团围住。枯木噼噼啪啪地燃烧着，绿树枝嗞嗞地着了火，各种声音交织在一起。火光冲天，映红了空中的浮云。旅行家们明白自己被大火包围了。

"快逃！"肯尼迪叫道，"到地上去！这是我们唯一的生路了！"

但是，弗格森一把拦住他，然后冲过去，一斧头砍断了锚索。大火向气球逼近，火舌已经舔到吊篮易燃的四壁。"维多利亚号"挣脱羁绊后，上升了 1000 英尺，钻入天空中。

下面林子里响起了可怕的喊叫声，其间夹杂着震耳欲聋的枪声。气球随着天亮时刮起的一阵大风，向西飞去。

这时是凌晨 4 点钟。

以所谓的美好理想蛊惑追随者做出违背人伦、违犯天理、灭绝人性的事，不论他们的口号多么动人、美好，也摆脱不了他们邪教的事实！

终于又一次有惊无险。

第四十章

"维多利亚号"为旅行者们尽了最后一份力，掉入河中被流水冲走了。

又一次逃过劫难。气球刚刚飞出林子边，3 位旅行家看见大约 30 来个骑马的人。他们下身穿着肥大的裤子，上身披着随风飘动的斗篷，有的手执长矛，有的肩背土枪，正骑着烈马朝"维多利亚号"飞的方向追赶。而这时，气球正飞得很慢。

看到吊篮里的旅行家，野人们露出愤怒和凶狠的本性，不停地挥动着手中的武器，发出野蛮的叫喊声。

"正是他们!"博士说，"这就是凶残的塔利巴人，阿尔—哈吉的野蛮信徒! 我宁愿与野兽打交道，也不愿落在这帮强盗手里。"

"他们无法追上我们。"肯尼迪信心十足地说，"况且，我们过了塞内加尔河后就彻底安全了。"

"千万不要把气球掉下去。"博士边说，边把目光转向气压表。

"乔，不管怎么样，"肯尼迪又说，"把枪准备好没错。"

说完，肯尼迪非常仔细地往枪里装上子弹。他现在剩下的弹药足够用了。

"我们现在在什么高度?"他又说。

"750 英尺左右。不过我们已经无法随意升降，无法寻找合适的气流了。现在只有听天由命了。"

"如果风大一点儿，"肯尼迪说，"我们就能把这些可恶的强盗甩了。"

"要是在射程内的话，"乔跃跃欲试地说，"我就和他们玩玩，把他们挨个打下马。"

"可不是嘛！"弗格森说，"不过这样的话，他们也能开枪打到我们啦。气球是最好的靶子。如果他们把气球打破了，你想想看我们会怎么样？"

塔利巴人不紧不慢地追了一个上午。将近11点时，3位旅行家才勉强往西飞了15英里。

博士密切注意着地平线上的每一块云，连最小的也不放过。他总是担心气流发生变化，万一气球又被吹向尼日尔河那边的话，他们怎么办呢？再说，他发觉气球正在明显降低。从早上出发以来，"维多利亚号"已经下降了300多英尺，塞内加尔河还远在12英里之外呢。照目前的速度，气球还需要飞3个小时才能到。

就在这时，呐喊声再次响起。只见那伙塔利巴人晃着身子，拼命催动胯下的马。博士查看了一下气压表，马上明白了怎么回事。

"气球在下降吗？"肯尼迪问。

"是的。"弗格森回答。

一刻钟后，吊篮离地面不到150英尺高了。但是，这时风力加大了些。塔利巴人见状，策马飞奔，举枪射击。

肯尼迪只好举起枪，瞄准跑在最前面的一个家伙开了火。那人应声落马，滚到了地上。他的同伴立即停了下来。"维多利亚号"暂时占了上风。

博士说："如果我们继续下降的话，他们会成功的！把剩下的干肉饼全扔了！这样我们还能减轻30斤的重量。"

在塔利巴人的喊叫声中，几乎触到地面的吊篮重新升了上去。但是半小时后，"维多利亚号"又急速降下来了。显然氢气正在不断泄漏，很快吊篮擦着了地面。阿尔—哈吉的黑人们快马冲了过来。但是像上次一样，气球刚一着地，马上又弹起，再次落地时已是 1 英里以外了。

无奈之下，乔又扯下气压表和温度计扔了出去。但是这些东西太微不足道，气球刚升起一会儿，很快又向地面降落。塔利巴人飞奔过来，离气球只有 200 英尺了。

"把那两支枪扔了！"博士叫道。

"那也要把枪里的子弹打完再扔。"猎人有些不甘心。随即，接连 4 枪射向骑马的人群，4 个塔利巴人应声落地。

少了两支枪，"维多利亚号"又一次升上去。就像拍在地上的一个大皮球，它连跳几下，又往前进了一大截。3 位可怜的旅行家如此拼命逃跑的场面可真少见。他们如同大地之子安泰，似乎一接触地面，就马上恢复了力量！

临近中午，"维多利亚号"筋疲力尽了。氢气已漏得差不多，球体逐渐拉长，球囊变得松松垮垮的，塌下来的波纹绸皱成了一堆。

"上帝把我们抛弃啦，"肯尼迪绝望了，"非掉下去不可了！"

"不会的！"弗格森坚定地说，"我们还有 150 斤的东西没扔呢！"

"哪里还有东西？"肯尼迪问。他以为朋友疯了。

"吊篮嘛！"弗格森答道，"我们可以抓住网子，紧紧抠住网眼飞到河边去！快，快！"

3 位勇敢的人毫不犹豫地抓住这一线生机。乔利落地砍断了与气球相连的吊篮的绳索，吊篮掉了下去，气球重又回到 300 英尺的高空了。

"太棒了！太棒了！"乔欣喜若狂。

塔利巴人频频催马追奔。不过，他们也只能望洋兴叹，因为气球正好遇上了一阵较大的气流，带着旅行家们飞过了小山。

3 个人紧紧抓住网绳。他们把身子与下面的网绳连在一起，形成了一个随风飘浮的网袋。

气球飞过小山后，博士突然喊道：

"河！河！塞内加尔河！"

果然，在距他们两英里的地方，一条大河翻卷着大团水花，滚滚流动。河的对岸，地势低缓，土壤肥沃。那里可以给他们提供安全庇护，也有适合气球降落的场地。

"再坚持一刻钟，我们就有救了！"弗格森说。

然而事与愿违，气球里的氢气已快漏光了。"维多利亚号"在一块寸草不生的地面上空越飞越低。它掠过长长的坡地和多石的平原，好几次触到地面，又弹了起来。但是它蹦得越来越低，每次落地的距离越来越短，最后，气球上方的网眼钩在了一棵猴面包树的树枝上。在这片荒凉的土地上，只有这一棵孤零零的树。现在气球完全停在地上不动了。

"完了！"猎人说。

"真可惜，离河只剩下百十步远了。"乔遗憾地说。

3位不幸的人下了气球，博士带领两位同伴向塞内加尔河跑去。

他们远远地就听到了河水的咆哮声。3人来到河边，博士发现这儿竟是圭纳瀑布！岸边一条独木舟也没有，也不见一个人影。

塞内加尔河的这一段河面宽达2000英尺，河水挟着雷霆万钧之势从150英尺高处倾泻而下，震耳欲聋。这条河由东向西流淌，一排岩石由北向南延伸，拦住了水流的宣泄。瀑布中耸立着一些奇形怪状的岩石，活像一大群在水中的远古动物化石。

很显然，要想从水中渡过这条深渊是不可能的。肯尼迪不由得做了个绝望的动作。

但弗格森博士语气有力地说："游戏还没结束呢！"

"我就知道。"乔说，他始终对主人充满信心。

看到地上的这些枯草，博士的脑子里产生了一个大胆的想法。这是他们唯一的逃生机会。他立即带着同伴向气球跑去。

"我们比那帮强盗抢先了一个小时。"他说，"朋友们，我们不能浪费时间了。赶快把这些干草收集一些来，越多越好，起码得有 50 公斤。"

"要干草干什么？"肯尼迪问。

"既然没有氢气了，我们就利用热空气渡河！"

"啊！好样的，弗格森！"肯尼迪叫道，"你太了不起了！"

乔和肯尼迪马上干了起来。一会儿的工夫，一大堆干草堆到了猴面包树下。

博士小心地将气球中剩余的氢气放掉。然后把下面的气门切开，把口子割成个大洞。做完这些后，他把许多枯草堆到气球下面，点着了火。

不久热空气就让气球膨胀起来了。华氏 180 度，也就是摄氏 100 度的高温，使气球中的空气变得稀薄，这足以使其重量减少一半。"维多利亚号"恢复了原来的模样。枯草很充足，在博士的照料下，火烧得很旺。气球眼看着鼓起来了。

但这时，在北边两英里的地方出现了塔利巴人的身影，甚至还可以听见他们的呐喊声和飞奔的马蹄声。

"再过 20 分钟，他们就过来了。"肯尼迪说。

"拿草来！乔，快拿草来！再有 10 分钟，我们就能飞上天了。"

"先生，草来了。"

"维多利亚号"已经鼓起了 2/3。

"朋友们！像刚才那样，紧紧抓住网眼！"

"好了。"猎人答道。

10 分钟后，气球晃了晃，又要飞起来。这时，塔利巴人已经逼近，离"维多利亚号"几乎不到 500 步远了。

"抓紧了。"弗格森喊道。

"放心吧！"

博士用脚又往火里踢了些枯草。随着温度上升，气球完全膨胀起来。它擦着猴面包树的树叶飞了上去。

"出发!"乔喊道。

他的叫声引来一阵枪声,一颗子弹甚至擦着他的肩膀飞过。肯尼迪欠下身子,一只手举枪还击。又一个敌人被击中掉在了地上。

这帮强盗怒不可遏,眼睁睁地看着气球渐渐离去。"维多利亚号"几乎上升了800英尺。这时,一阵疾风裹住了它,气球令人担忧地摆动了几下,接着摇摇晃晃向河对岸飘去。无畏的博士和他的同伴们紧紧抓住网绳,注视着脚下咆哮的瀑布,朝着目的地飞去。

10分钟过去了,3位无畏的旅行家什么也没说,他们渐渐向河的彼岸降落下来。

那里站着十来位身穿法国军服的人,他们的脸上流露出意外、奇怪和惊恐的神情。当他们看到这个气球在河对岸升起时,非常吃惊,甚至认定这是个奇异的天体现象。但是,他们的长官,一位海军上尉和中尉已从欧洲报纸上知道了弗格森博士的这次英勇壮举,他们立刻意识到发生了什么事。

气球渐渐瘪了下去。载着紧紧抓住网眼的3位旅行家,它缓缓降落。但是他们能否降落在陆地上,很值得怀疑。于是,这几位法国人急忙奔向塞内加尔河。当"维多利亚号"落在离左岸几步远的水里时,他们马上救起了这3位英国人。

"是弗格森博士吗?"上尉大声询问。

"正是。"博士从容地答道。

法国人把旅行家从河里救了出来。而瘪了一半的气球却被迅猛的水流卷走,就像一个巨大的气泡很快淹没在塞内加尔河水里,最后消失在圭纳瀑布中。

"可怜的'维多利亚号'!"乔叹息道。

博士忍不住热泪盈眶,他张开了双臂,两位朋友激动地投到他的怀中。

凯旋

　　旅行者们结束了历时五个星期的气球之旅，成功地回到了祖国的怀抱。

　　塞内加尔河岸边的法国人是塞内加尔总督派来的一支探险队的成员。这支探险队由两名军官、1 名中士和 7 名士兵组成。那两名军官分别是海军陆战队上尉迪弗莱斯和海军中尉罗达麦尔。这两天，他们一直忙着勘测地形，寻找有利位置，以便在圭纳瀑布一带设立一个哨所。而此时，他们无意中成了弗格森博士抵达塞内加尔河右岸的见证人。

　　3 位旅者受到了十分热烈的祝贺和隆重的接待。这些法国人理所当然地成了事实的见证人。因此，博士请求他们正式出具一份证明，确认他和同伴到达了圭纳瀑布。

　　"您不会拒绝在记录上签字吧？"他问迪弗莱斯上尉。

　　"弗格森博士，我愿意为您效劳。"上尉答道。

　　3 位英国人被送到了河边新建的临时哨所里。在那儿，他们受到了无微不至的照料，享用了丰盛的食物。正是在那儿，军人们用以下措辞拟写了一份书面证明。这份证明现今仍然存放在伦敦地理学会的档案中。证明这样写道：

兹声明：今日，我们亲眼目睹了弗格森博士及其两位同伴理查德·肯尼迪与约瑟夫·威尔逊到达了本地点。他们抓住气球的网眼渡过了塞内加尔河。气球落入距我们仅几步之遥的河里，被水流卷走，沉没于圭纳瀑布中。

我们谨与上述当事人共同签署本文件，特此郑重证明以上所说事实完全属实。

萨弥尔·弗格森，理查德·肯尼迪，约瑟夫·威尔逊，海军陆战队上尉迪弗莱斯，海军中尉罗达麦尔，中士迪费，士兵弗利波，梅约尔，佩利西埃，洛鲁瓦，拉斯卡涅，吉庸，勒贝尔。

1862 年 5 月 24 日于圭纳瀑布

5 个星期来，弗格森博士和他的两位好伙伴，历经千辛万苦，终于完成了横贯非洲大陆的壮举。他们这趟非凡的旅行，在得到了无可辩驳的证据后，就此彻底结束了。现在他们与朋友们一起在热情的部落里做客。这些部落与法国殖民当局的各个部门联系频繁。

5 月 24 日星期六，他们抵达了塞内加尔河。当月 27 日，他们沿着河岸往北走，到了那里的梅迪纳哨所。

在那里，他们受到了法国军官们的热烈欢迎和真情友好的款待。博士和他的同伴没有耽搁，当天就登上了"巴西利克号"小火轮。轮船载着他们顺塞内加尔河而下，一直驶向入海口。

两个星期后，6 月 10 日，他们到达了圣路易城，受到了总督热烈而隆重的接待。他们已经完全恢复了健康。

乔对他的崇拜者不停地说："总之，我们这趟旅行十分平淡。要是哪位想就此去找刺激的话，我劝他还是别费那个劲儿。因为到最后，旅行会变得既枯燥又乏味。如果没有乍得湖和塞内加尔河上的历险，我真觉得要给闷死了！"

6 月 25 日他们搭上一艘英国战舰启航回国。

我们这儿就不详述他们在皇家地理学会受到的迎接，也不详述他们受到的殷勤款待了。

肯尼迪带着他那支出色的马枪，马上动身回爱丁堡去了。他急着回去给老女管家报平安，省得她提心吊胆。弗格森博士和忠实的乔依然和我们刚认识时一样。不过，他们的关系不知不觉发生了变化，两人成了朋友。

全欧洲的报纸连篇累牍，大肆赞扬了这 3 位勇敢的探险家。《每日电讯报》刊登一篇旅行摘记的那一天，报纸的发行量达到了 967000 份之多。

在皇家地理学会的大会上，弗格森博士介绍了他乘气球探险的经历。他和他的两位同伴获得了 1862 年度杰出探险金质奖章。

弗格森博士此次旅行的伟大意义主要在于，他们精确地证明了巴尔特博士、伯顿、斯皮克和其他探险家的探险和测量的正确性。斯皮克和格兰特先生以及霍伊格林和门兴格尔先生目前领导的两支探险队正分别向尼罗河发源地和非洲中心进发。由于他们的努力，不久我们就能验证弗格森博士在东经 14°到 33°的广大地区所获得的发现。